KB233037

살아 있는 **문장론**

살아 있는

문장론

김병호

한국학술정보㈜

—— 책머리에 ——

　문장이 곧 사람이던 시절이 있었다. 내가 문학을 공부하던 십여 년 전만 해도 그랬다. 하지만 공부를 마치고 날품팔이하듯 여기저기 강의를 하러 다니면서 보니, 문장의 위세는 예전만 못했다. 위세가 아니라 그 형편이 엉망이라고 할 만했다. 인터넷과 휴대폰의 전면적 보급으로 우리의 말과 글은 '그들만의 리그'로 전락하고 말았다. 이래서는 안 되겠다는 두려움에 강의 시간마다 문장과 글을 이야기했다. 그리고 열린사이버대학교에서 〈문장론〉을 강의하게 되면서 나름대로 문장에 대한 체계적인 공부를 다시 시작하게 되었다. 이 책은 아직 미약한 첫걸음에 불과하다. 하지만 곧 코끼리 발자국처럼 넓고 단단한 흔적을 만들 것이라 믿는다. 올바른 문장이 한 그릇의 밥이 되고, 한 평생의 사랑이 되고, 온전한 한 사람이 되듯이 말이다.

2006년 가을

김병호

Contents

책머리에 ··· 5

제1장 문장이란 무엇인가 ································· 10
1. 글쓰기에 대한 오해 ································· 11
2. 글쓰기란 ··· 12
3. 글을 잘 쓰기 위해서는 ························· 15
4. 글을 쓴다는 것은 ································· 16
5. 문장이란 무엇인가 ······························· 19

제2장 올바른 문장과 좋은 글이란 ··············· 22
1. 좋은 글이란 ··· 23
2. 좋은 글, 올바른 문장의 요건들 ············· 24

제3장 주제의 발견 ····································· 34
1. 주제란 ·· 35
2. 주제 선정의 방법 ································· 37
3. 주제문 작성 ··· 39
4. 주제문을 작성할 때 조심해야 할 점들 ····· 40
5. 자료 수집 ·· 42
6. 자료 수집의 방법 ································· 43
7. 글의 소재 정리법 ································· 44

제4장 글의 구상과 개요 ···················· 46

　1. 구상이란 ······················· 47
　2. 구상의 기능 ····················· 48
　3. 구상의 틀 ······················ 49
　4. 개요란 ························ 53

제5장 글쓰기의 방식과 서술의 방식 ·············· 58

　1. 글쓰기의 관점 ···················· 59
　2. 글 쓰는 이의 입장 ·················· 60
　3. 글 쓰는 이의 태도 ·················· 63
　4. 서술의 방식 ····················· 64

제6장 설명하는 글쓰기 ····················· 68

　1. 설명이란 ······················· 69
　2. 설명의 대표적 방식들 ················· 70

제7장 논증하는 글쓰기 ····················· 78

　1. 논증적인 글이란 ··················· 79
　2. 명제란 ························· 81
　3. 논거란 ························· 84
　4. 추론 ·························· 85
　5. 범하기 쉬운 논리적 오류 ··············· 89

제 8 장 **묘사하는 글쓰기** ······ 90

1. 묘사하는 글쓰기란 ······ 91
2. 대상에 따른 묘사적인 글쓰기의 두 가지 방식 ·· 93
3. 내용에 따른 묘사적인 글쓰기의 방식 ······ 94
4. 묘사의 관점 ······ 97
5. 효과적인 묘사 방법 ······ 99

제 9 장 **서술하는 글쓰기** ······ 110

1. 서술이란 ······ 111
2. 서술의 방법 ······ 112
3. 서사하는 글쓰기의 방법 ······ 117

제10장 **제목 붙이기** ······ 126

1. 제목이란 ······ 127
2. 첫 문장 ······ 129
3. 본문 ······ 133
4. 인용 ······ 136
5. 마무리 ······ 138

제11장 **단락** ······ 142

1. 단락과 문단 ······ 143
2. 단락의 짜임새 ······ 145
3. 단락의 짜임과 단락을 펼치는 방법 ······ 153
4. 단락을 펼치는 원리 ······ 158
5. 단락의 형식과 내용의 일치 ······ 171

제12장 글의 표현 ···································· 178
   1. 좋은 문장이란 ······························ 179
   2. 수사의 이론 ······························· 182

제13장 문체(文體 – Style) 및 글다듬기 ·················· 196
   1. 문체란 ································· 197
   2. 글다듬기 ······························· 202

제14장 논문 작성법 ································· 210
   1. 논문이란 무엇인가 ························· 211
   2. 논문의 형식과 구성 ························ 221
   3. 원고지 사용법과 문장 서술법 ·················· 228

제1장
문장이란 무엇인가

1. 글쓰기에 대한 오해
2. 글쓰기란
3. 글을 잘 쓰기 위해서는
4. 글을 쓴다는 것은
5. 문장이란 무엇인가

1. 글쓰기에 대한 오해

　일반적으로 사람들은 글쓰기에 대한 몇 가지 오해를 가지고 있다. 이를테면 글쓰기는 무조건 어렵다고 생각한다거나 글이라는 것은 어떤 특별한 재능이 있는 사람들만이 쓰는 것이라는 생각 등이 그러하다. 그리고 '글'이라고 하면 시나 소설, 혹은 수필 같은 문학적 글만을 먼저 떠올리는 것도 오해의 한 예이다. 이 경우 글이라는 것을 너무 어렵게 생각해서 글에는 남들 앞에서 내세울 수 있는 인문적 교양이 전제되어야 하고, 기계문명이 중심이 되는 현대의 산업사회에서 글이라는 것은 비생산적인 유희라는 위험한 생각에까지 발전될 수 있다.

　그러나 가만히 현실을 살펴보면 우리의 생활은 그렇지 않다. 청소년들부터 시작해서 중년의 어른까지 애용하는 휴대폰의 문자 메시지나 인터넷의 이메일 등, 오히려 글쓰기는 우리 생활의 중심에서 절대적 위치를 차지하고 있다. 또한 학교에서의 숙제나 회사에서의 보고서, 일기 쓰기 등도 글쓰기의 영역에서 이루어지는 것이다.

어떤 부류의 사람들은 21세기 하이테크 시대에 글쓰기는 너무 시대에 뒤떨어지는 것이 아니냐는 식의 이야기를 종종 하기도 한다. 그 예로 소설의 침체와 영화의 부상을 쉽게 든다. 그러나 영화의 기본 뼈대가 소설의 서사에서 비롯되고 있음은 상식 수준의 이야기이며 좋은 영화가 만들어지기 위해서는 탄탄한 스토리가 필요하다는 영화감독들의 발언은 비록 현대사회가 비주얼의 이미지를 강조하는 쪽으로 진행되지만 정작 그 근간에는 전통적인 글쓰기 작업이 요구된다는 것을 의미하고 있다. 글쓰기에 대한 의미를 애써 무시하려는 이들의 태도에는 컴퓨터나 영상기기 등의 기계문명에 대한 안일한 종속과 비판 없는 태도가 포함되어 있으며 더 나가서는 인간의 인간적 가치마저 회피하려는 몰가치적 태도를 지니고 있다.

정말 몇몇 이들의 우려나 불평처럼 우리 시대의 글쓰기는 손끝의 재능만으로 또는 시대에 좀 뒤떨어진 어떤 특별한 사람들만이 쓰는 것일까?

2. 글쓰기란

1) 글쓰기의 바탕은 언어

실존주의 철학으로 유명한 하이데거는 '언어란 존재의 집'이라고 하였다. 이 말을 풀어서 이야기하자면 우리는 언어라는 집이 있기 때문에 존재한다는 이야기가 된다. 즉 언어가 바로 우리를 존재케 하는 집인 셈이다. 또 성경을 보면 이런 구절이 있다. "태초에 말씀이 계시니라" 이 말에서 말씀은 곧 하나님을 뜻하는 것으로 철학의 영역에서는 존재계의 근본이고, 과학에서는 조물수를 가리키게 된다. 성경의 이 구절은, 우주와 인간 세상이 근본이 되는 원인적 존재에 의해서 존재한다면, 그 제일의 원인적 창조주는 말씀에 의해서 생겨났다는 이야기가 된다. 어렵게 들리지 모르겠으나 언어는 결국 인간 존재의 형식이며 본질적 근원이라고 할 수 있겠다. 흔히 하는 객쩍은 표현으로 "그 정도 말하면 개돼지라도 말귀를 알아듣겠다"는 말이 있다. 얼마나 속이 답답하면 이런 표현까지 쓸까 싶지만, 바로 짐승과 인간을 구별하는 중요한 잣대가 언어라는 것을 단박에 알게 해 주는 예이기도 하다.

이렇게 인간은 언어라는 존재의 집으로서 잠시도 떠나서는 살 수 없는데, 우리는 이 언어 특히 문장에 대해서 너무 소홀히 하여 온 것이 사실이다. 이제 글이란 무엇인지 좀 더 적극적으로 살펴보도록 하자.

2) 글쓰기는 자신의 표현

우선 글은 자신의 표현이다. 이러한 정의는 글의 바탕이란 게 마음속에 품고 있는 생각이나 느낌이기 때문에 가능한 것이다. 아름다운 꽃을 바라보았을 때의 놀라움이라거나 사랑하는 사람과의 어찌할 수 없는 이별로 인한 안타까움, 그리움 등이 솟아날 때, 이것을 글로 쓰고 싶다는 느낌이나 충동이 일 때 비로소 글쓰기가 가능하며 이때의 글은 곧 글 쓰는 이, 즉 그 자신의 표현이 가능하기 때문이다. 자신의 억압된 감정이나 생각을 마음껏 펼칠 수 있는 이러한 글쓰기는 매력은 바로 카타르시스라는 마력에서 비롯되고, 한 번 이러한 마력을 경험한 사람은 좀처럼 그 매력에서 벗어날 수가 없는 것이다. 백화점이나 지자체의 문화센터에 개설된 '시 쓰기' 혹은 '소설 창작반'에 인원이 넘치는 이유는 경제적 안정을 얻은 이들의 허영이 아니라 고등학교 시절, 문학책을 읽고 연애편지를 쓰면서 문학적 향수를 경험한 이들이 글쓰기의 마력을 벗어나지 못하고 다시금 되돌아왔기 때문이라고 할 수 있다.

3) 글이 문화를 만든다

글이 문화를 만든다는 정의는 글쓰기의 의미를 개인적 표현으로 제한한 것이 아니라 사회적 측면의 기록성에서 바라본 것이다. 이는 문자가 가진 절대적인 기능과 가치에 중점을 둔 것인데, 문자를 일류 문명 발전의 중요한 요소로 보고 글을 통해서 인간의 문화적 삶이 고대에서부터 오늘날까지 순차적으로 풍요로워질 수 있었음을 확인하는 것이다. 한 세대의 기술과 문명의 축적을 다음 세대로 이어 가기 위해 필수적인 것이 바로 글이었음은 누구나 아는 사실일 것이다. 고대 동굴의 벽화가 단순한 그림이 아니라 사냥법이라든지 계절의 순환주기 들을 표시한 상형문자라는 사실은 글이 지니는 기록성과 정보성의 가치가 얼마나 중요한 것이었는가를 다시 한 번 일깨워 준다.

3. 글을 잘 쓰기 위해서는

1) 올바른 글쓰기 생활이 필요하다

앞서 언급한 글쓰기에 대한 그릇된 오해들을 버리고, 글쓰기가 말하기보다 더 어렵거나 까다롭다는 생각을 버리고, 글도 말하듯이 억지로 꾸미거나 어려운 말을 골라 쓸 필요 없이 알맞은 단어를 골라 자연스럽게 말하듯이 써야 한다. 두려움을 떨쳐 내고 글을 자주 써 보면 자신의 생각을 자신 있게 제대로 표현할 수 있게 되며, 생활 속에서의 습관적인 글쓰기나 훈련도 필요하다. 즉 일기 쓰기, 독후감 영화감상문 쓰기, 회의 자료 메모, 전화보다 편지 쓰기, 비디오나 영화 보면서 맞춤법 틀린 글자 찾기 등이 그러하다.

2) 한글 맞춤법을 제대로 지켜야 한다

교통법규를 무시하면 아무리 운전을 잘하는 사람일지라도 사고가 나고 교통의 흐름이 끊기게 된다. 이러한 예와 마찬가지로 언어 생활에 있어서도 언중(言衆) 사이의 약속된 규칙을 잘 지켜야 문자를 이용한 지식과 정보 교환에 착오가 일어나지 않는다. 휴대폰과 인터넷 등의 통신기기의 발달로 우리의 말과 글은 만신창이가 되었다고 해도 지나친 말은 아닐 것이다. 세계화와 영어 공용화의 물결로 거리는 온통 국적 불명의 상호와 제품명으로 뒤덮였고, 휴대폰과 인터넷을 사용하는 사람들은 이모티콘을 사용하거나 문장의 과도한 압축 등으로 자신들만의 기묘한 형태로 문자를 변질시키고 있다. 이러한 문제의 심각성은 이것이 단지 단순한 사회적 현상에 그치는 것이 아니라 정신문화에까지 그 영향을 미치기 때문이다. 일본의 식민지였던 시절, 그들의 탄압이 극에 달했을 때, 일제는 우리의 말과 글을 일절 사용하지 못하게 하였고, 우리 독립운동가들은 목숨을 내걸고 이에 맞서 싸웠다. 그 이유가 무엇이었을까.

4. 글을 쓴다는 것은

글은 무엇으로 쓰는 것일까? 연필이나 볼펜, 만년필, 컴퓨터 등의 필기구를 말하는 것이 아니다. 재미없는 우스갯소리였지만 아무튼 위 질문에 대한 나의 정답은 '생각'이다. 생각 없이는 글을 쓸 수도 없지만, 삶을 영위할 수도 없기 때문이다. 앞에서도 잠깐 언급을 했지만 인간과 동물을 구분 짓는 가장 중요한 요소는 생각과 언어이다. 그래서 흔히 인간을 사유의 동물이라고 하고, 이 사유를 전달할 수 있는 언어를 가진 동물이라고 하지 않는가. 일명 호모 로쿠엔스(Homo Loquens).

이런 의미에서 인간의 삶은 생각의 틀 속에서 이루어지는 언어의 흐름이라고 정의할 수도 있을 것이다. 물론 인간의 삶이 인간의 생각 안에서만 이루어지는 것은 아니다. 만약 인간의 삶이 생각 안에서만 이루어진다면 몽상가가 되거나 초능력자가 되게 될 것이다. 어떻게 생각해 보면 꼭 영화나 드라마가 아닐지라도 우리의 주변에서는 뜻하지 않은 의외의 일들이 더 많이 일어나는 것 같기도 하다. 그러나 다시 한 번 잘 생각해 보면 이렇게 우리 주변에서 뜻하지 않게 일이나는 대부분이 일은 모두 '인간'에게서 비롯된 것이다. 설령 인간에게서 비롯되지 않은 천재지변 같은 일들은 인간뿐만이 아니라 모든 생물들이 같이 겪는 일이기 때문에 인간과 동물을 구별하는 요소가 될 수 없겠지만, 인간의 삶에서 일어나는 모든 일들은 인간의 생각 안에서 이루어지는 것이며, 언어에 의해 실행된다고 해도 아주 그릇된 말은 아닐 것이다. 그만큼 언어가 우리의 삶의 규정하고 있다는 의미이기도 하다. 말이 씨가 된다는 표현이나 마법사나 도인들이 외는 주문에서 보듯이 언어는 근원적인 주술의 힘을 지니고 있으며 인간의 삶은 이러한 언어 속에서 생각의 틀을 형성하며 지탱하게 되는 것이다.

1) 관점의 문제

글을 쓰기 위해서는 먼저 관점이 있어야 한다. 관점이란 사건이라 사물을 관찰하거나 고찰할 때, 그것을 보거나 생각하는 각도를 말하는데, 글쓰기에서의 관점이란 자신의 입장을 분명하게 드러내는 것을 말한다. 어떠한 사건이 일어났을 때, 어느 편을 들 것인지, 아니면 철저하게 중립적 위치를 고수할 것인지를 선택해야 한다. 글 쓰는 이의 관점은 그의 입장에 따라 바뀌기도 한다. 예를 들어 아주 난폭하게 운전하는 택시를 탔다고 하자. 내가 약속 시간에 늦어 탄 택시라면 버스전용차선을 위반하고 신호도 위반하며 정신없이 질주하는 택시가 은근히 고맙기도 하겠지만, 내가 그 도로 위를 주행하고 있던 다른 운전자라면 교통 흐름을 무시한 채 내달리는 택시의 뒤꽁무니에 실컷 욕을 해 줄지도 모른다. 그리고 교통경찰이라면 당연히 적발하여 그에 맞는 대가를 치르도록 할 것이다. 이렇게 어떤 입장에 서 있느냐, 그리고 어떤 편을 들 것인가가 결정되어야 할 것이다.

2) 세계관의 문제

세계관이란 세상을 바라보는 자신의 눈이라고 할 수 있다. 이는 위의 입장보다 세부적이고 논리적인 관점을 지니게 되는데, 세계관의 사전적 의미는 인간의 행동 규범에 대한 견해까지 포함하여 자연·사회·인간에 대한 하나의 체계를 이루는 총괄적 견해를 뜻한다. 따라서 세계관은 세계를 나름의 주관·사상으로 읽어 내는 하나의 방식이면서 더 나아가 세계 속에서 인간의 존재와 행위가 차지하는 위치에 대한 의미 부여이기도 하다. 최대한 단순하게 이야기하자면 인생이나 삶, 세계의 가치를 어디에 설정해 놓느냐는 문제이라고 할 수 있다.

3) 교양의 문제

글을 쓰기 위해서는 기본적으로 인문적 교양이 필요하다. 이러한 부분이 글쓰기를 시작하려는 이들에게 부담으로 작용하기도 하는데, 글쓰기란 자신이 알고 있는 사실이나 자신의 감정 등 표현하고자 하는 대상에 대한 검토를 통해 인문적 교양으로 포장하는 것이다. 이때의 포장은 헛된 과장이 아니라 합리적 논리의 제공과 보편적 가치의 공유를 의미한다. 이러한 글쓰기에는 이러한 과정이 필수적이기 때문에 글을 쓰기 위한 인문적 교양 획득이 필요한 것이다.

4) 폭넓은 삶의 체험 필요

　글을 쓰기 위해서는 다양한 삶의 체험이 필요하다. 글을 쓰는 이들 사이에서는 일반적으로 "아는 만큼만 쓸 수 있다"는 얘기가 하나의 가치처럼 제시된다. 자신이 알지 못하는 영역까지 무리하게 표현하려 한다면 오히려 글의 진정성을 잃게 되기 때문이다. 자신이 알고 있는 범위 내에서 진솔하게 써 내는 글이 읽는 이들에게 감동으로 다가설 수 있다. 폭넓은 삶의 경험은 다른 이들의 호기심을 자극할 수 있고, 책을 읽는 이들은 자신이 직접 경험하지 못한 미지의 경험에 대한 대리 충족을 위해 책을 읽고자 한다. 따라서 다양하고 다채로운 삶의 경험은 글을 쓰는 데 좋은 스승의 역할을 하기도 한다. 그리고 SF 소설의 경우라 할지라도 그것이 SF이기 때문에 허무맹랑한 것이 아니라 나름의 이론과 지식에 기초하여 펼쳐야 한다. 어떤 체험적 경험이나 논리적 체계의 바탕이 있어야만 독자를 설득할 수 있기 때문이다. 글은 사고와 생각의 옷이며, 체험의 옷이기도 하기 때문이다.

5. 문장이란 무엇인가

　문법적으로 문장은 단어와 단어의 결합으로 이루어지며, 문장이 모여 단락 또는 글이 되는 것이다. 단어는 뜻을 나타내지만 생각을 나타내지는 못한다. 그러나 문장은 단어를 잘 배열하여 생각을 나타낼 수 있다. 이러한 점에서 문장은 글의 기본단위라고 할 수 있으며, 단락은 하나 이상의 문장으로 이루어진 사고 혹은 관념의 단위이다. 이러한 관점이 문장에 관한 가장 기초적인 문법적 관점이라면 기호학에서 바라보는 문장은 조금 다를 수 있다.

기호학적 관점은 문장을 기호의 결합체로 보는 시각으로, 모든 단어는 하나의 기호이고 문장은 기호의 결합체라는 정의가 가능하다. 단어는 랑그와 파롤, 기표와 기의로 분석되며 기표가 기의를 얼마나 빨리 전달하느냐가 중요한 문제가 된다.

그리고 문장을 보는 마지막 관점인 수사학적 관점이 있다. 수사학에서 문장은 단순히 단어 혹은 기호의 결합체가 아니라 글쓴이와 읽는 이의 모든 관련 상황 속에서 효율적인 전달과 표현 방식을 찾아내려고 고민한다. 따라서 무슨 생각을 쓸 것인지를 찾아내는 '발견'과 생각의 순서를 결정하는 '배열', 생각을 나타내는 글을 다듬는 '문체'를 다루게 되는 것이다.

살아 있는 문장론

제 2 장
올바른 문장과 좋은 글이란

1. 좋은 글이란
2. 좋은 글, 올바른 문장의 요건들

1. 좋은 글이란

글을 쓰는 이유는 무엇일까. 글이 자기 존재 확인의 한 방식이 되기도 하겠지만, 일반적으로는 타자와의 소통을 전제로 하여 자신의 사상과 감정을 효과적으로 표현하고 전달하고자 하는 것이다. 따라서 좋은 글이란 글쓴이의 사상과 감정이 효과적으로 표현, 전달된 글이다. 이런 측면에서 접근해 보자면 좋은 연애편지란 세상에 있을 수 없다. 아무리 달콤한 내용의 편지라 할지라도 편지는 하나의 수단이기 때문에 그 편지가 의도한 바를 제대로 수행해 내느냐 그렇지 못하느냐가 관건이 된다. 따라서 일단의 목적을 성공하면 좋은 연애편지가 되는 것이고 그렇지 못하는 나쁜(?) 연애편지가 되는 것이다. 필자는 대학교 일학년 때 무려 A4 넉 장의 분량으로 고향 어머니에게 편지를 써서 드린 적이 있다. 문학을 전공하는 이가 나름대로 공을 들여 쓴 편지이니 얼마나 심혈을 기울였겠는가. 게다가 부족한 용돈을 객지에서 어려움이 많으니 어찌 도와주실 수 없겠느냐는 간절하고 절실한 내용이었다. 그러나 심혈을 기울인 그 작품은 실패였다. 나는 내가 구사할 수 있는 최고의 문장들을 사용하였는데 어머님께는 그것이 그리 좋은 글이 아니었나 보다.

올바른 문장, 좋은 글에 대한 정답은 없다. 나는 최고의 문장이라고 생각하는데 정작 어머니는 좋은 글이라고 생각하지 않으셨듯이, 문장에 대한 정답은 없다. 다만 어느 정도의 합의와 동의를 이끌어 낼 수 있는 일반적 요건들만 있을 뿐이다. 즉 보편적 근사치라고 할 수 있겠다. 하지만 적어도 근사치를 알아야 정답에 다가설 수 있는 것이 아닌가. 그 근사치를 하나하나 더듬어 보도록 하자.

2. 좋은 글, 올바른 문장의 요건들

1) 독창성

먼저 독창성이다. 이미 다른 사람이 말한 내용을 상투적 표현으로 재진술하는 글은 굳이 쓰여질 이유가 없다. 남들이 이미 우려먹은 고리타분한 표현으로는 연애에 성공할 수가 없듯이, 무엇인가 새롭고 신선한 그것이 있어야 한다. 연애를 잘 하는 이들을 살펴보면 그들이 영화배우처럼 잘나거나 모델처럼 훌륭한 몸매를 소유하고 있기 때문은 아니다. 그들은 끊임없이 새로운 표현을 연구하고 개발하고 그것을 상대에게 보여 준다. 세상에서 처음으로 맞는 새로운 표현이 주는 감동은 얼마나 황홀하겠는가. 글도 마찬가지이다. 그 표현과 내용에 있어서 참신성과 개성을 보여 주어야 한다. 그리고 이때 독창성이 중요하다고 해서 무조건 새롭고 특별한 것만을 추구해서는 안 되고, 새롭고 특별하되 독자들의 공감을 얻을 수 있는 것이어야 한다. 공감을 벗어난 새로움은 전위나 오버가 되기도 하기 때문이다.

표현과 내용의 새로움은 시각의 독창성에서 비롯되기도 한다.

물고기는 제 몸 속의 자디잔 가시를 다소곳이 숨기고
오늘도 물 속을 우아하게 유영한다
제 살 속에서 한시도 쉬지 않고 저를 찌르는
날카로운 가시를 짐짓 무시하고
물고기는 오늘도 물 속에서 평안하다
이윽고 그물에 걸린 물고기가 사납게 퍼덕이며
곤곤한 불과 바람의 길을 거쳐 식탁 위에 버려질 때
가시는 비로소 물고기의 온몸을 산산이 찢어 헤치고
눈부신 빛 아래 선연히 자신을 드러낸다

- 남진우의 시 「가시」 전문

시각의 독창성으로 인식의 전환 혹은 창조적 인식이 투영된 시다.

2) 충실성

글쓰기에서의 충실성이란 글 쓰는 이 자신이 말하고자 하는 바를 흔들림 없이 지켜 내는 것을 의미한다. 말하고자 하는 뚜렷한 대상이나 내용이 없이 괜히 자신의 허세나 멋만 부리려고 애쓰는 글은 결코 충실한 글이 될 수 없다. 부끄럽거나 불편해서 잠시 에두른다 하더라도 사랑한다면 사랑한다는 이야기를 해야 하고, 돈이 없으면 돈이 없다고 써야지 괜히 맥락과 상관없는 날씨 이야기를 하고 드라마 이야기만 하면서 뱅뱅 주변을 서성거리기만 한다면 목적을 이룰 수 없다.
이때 글의 충실성이 없다는 말을 사용할 수 있다. 더불어 내용의 충
실성이란 반드시 기발한 소재나 심오한 사상만이 가져다주는 것은 아
니다. 비록 평범한 소재이고 소박한 의견일지라도 그것에 대한 확실
한 지식과 진지한 사색이 뒷받침된다면 독자의 입장에서 읽을거리가
되고 또 읽을 가치를 얻게 되는 것이다.

3) 진실성

거미새끼 하나 방바닥에 나린 것을 나는 아무 생각 없이
문밖으로 쓸어버린다
차디찬 밤이다

어느젠가 새끼거미 쓸려나간 곳에 큰 거미가 왔다
나는 가슴이 짜릿한다
나는 또 큰 거미를 쓸어 문밖으로 버리며
찬 밖이라도 새끼 있는데로 가라고 하며 서러워한다

이렇게 해서 아린 가슴이 삭기도 전이다
어데서 좁쌀알만 한 알에서 가제 깨인 듯한 발이 채
서지도 못한 무척 작은 새끼거미가 이번엔 큰 거미
없어진 곳으로 와서 아물거린다
나는 가슴이 메이는 듯하다
내 손에 오르기라도 하라고 나는 손을 내어미나 분명히
울고불고할 이 작은 것은 나를 무서우이 달아나버리며
나를 서럽게 한다

나는 이 작은 것을 고이 보드라운 종이에 받아
또 문 밖으로 버리며
이것이 엄마와 누나나 형이 가까이 이것의 걱정을 하며
있다가 쉬이 만나기나 했으면 좋으련만 하고 슬퍼한다

- 백석의 시 「수라」 전문

이 시에는 어떤 가식이나 허세가 들어 있지 않다. 자기 고백적 문장들이 그대로 읽는 이의 마음을 두드린다. 큰 것을 이야기하려 하지 않고, 없는 것을 있다고 하지 않고 '차디찬 밤'과 '어린 거미'만을 바라본다.

우리들이 쓰는 글에서는 흔히 자신이 아니라 남들이 그렇게 봐 주었으면 하고 바라는 자신을 의식하는, 진실성과 성실성이 부족한 부분들이 자주 눈에 띈다. 또 그러한 글일수록 자신의 미숙함은 생각하지 않고 글로써 너무 많은 것을 보여 주려고 자신의 교양과 지식, 또는 감정을 과장하거나 표현에 있어서 지나치게 기교를 부리게 되기도 한다. 하지만 글쓴이의 진실성과 성실성이 그대로 드러나는 소박한 내용과 표현의 글은 오히려 읽는 이에게 깊은 감동을 준다.

어렸을 때 사랑을 할 때는 사랑하는데 무슨 기술이 필요하느냐는 의문을 가졌다. 하지만 조금 나이가 들고, 번번이 연애에 실패해 보니까, 그것도 숱하게 아픔을 겪어 보니까 연애도 기술임을 알게 되었다. 다이아몬드 반지나 비싼 선물보다는 정확한 타이밍에 작지만 진심이 담겨진 조그마한 선물이 오히려 성공 확률이 높았다. 그것은 마치 진실과 성실을 보여 줄 수 있는 글이 상대에게 감동을 주는 것과 같은 이치였다.

4) 평이함

   글을 쓸 때 경계해야 할 태도는 애써 자신의 교양과 지식을 고시하려는 현학적 태도이다. 이를테면 쓸데없는 한자어나 외래어, 외국어를 남발하는 태도, 난해한 개념어나 추상어를 선호하는 태도 등은 모두 의미 전달을 어렵게 만드는 현학적인 행위이다. 평이하다는 것은 전하고자 하는 내용을 알기 쉽게 풀어쓰는 것으로 상대에 대한 배려이 차원에서 이해할 수도 있는 부분이다. 특히 글을 쓰면서 쉽게 빚어지는 의미의 모호성도 주의해야 한다.
   아래의 예를 보자.

   ⓐ 어젯밤 아버지가 돌아가셨다.(어휘적 모호성)
   ⓑ 우리 담임선생님은 귀신이다.(은유적 모호성)
   ⓒ 그는 소리를 지르면서 달아나는 범인을 쫓아간다.(구조적 모호성)

   ⓐ은 돌아가셨다는 어휘의 모호성을 단적으로 드러내는 문장이다. 아버지가 댁으로 되돌아가셨다는 이야기인지, 세상과 인연을 끊으셨다는 이야기인지 좀처럼 이해하기가 어렵다. ⓑ의 경우 역시 '귀신'이라는 의미가 무엇을 의미하는지 가늠하기 어렵다. '담임선생님'은 분명 사람이기 때문에, 이 문장에는 귀신인지 사람인지에 대한 모호함이 있는 것이 아니라, 어느 부분에서 '담임선생님'이 귀신같은 능력이 발휘되는지가 애매하다. ⓒ의 문장은 구조적 모호성인데, 문장만 읽어서는 '소리를 지르는' 주체가 누구인지 정확하지가 않다. '그'인지, '범인'인지 분간이 가지 않는다.
   흔히 글에서 요구되는 명료성과 정확성을 혼동하는 경우가 있는데,

이를 정확히 단정하자면 글의 명료성은 의미의 분명한 전달을 뜻하고, 정확성은 올바른 전달을 뜻한다. 두 의미는 얼추 비슷해 보이지만 명료성은 전달 대상에 대한 의미적 요소에 대한 측면이 강하고 정확성은 전달 과정의 형식적 측면에 대한 의미가 강하다.

5) 일물일어

　프랑스 사실주의 문학의 창시자이며 당대 부르주아 계층의 생활을 사실주의적으로 묘사한 『마담 보바리』를 쓴 플로베르는 자신의 창작 원칙으로 일물일어를 제시하였다. 일물일어(一物一語)란 하나의 대상을 가리키는 어휘는 오직 하나밖에 없다는 의미로, 표현하고자 하는 대상을 가장 정확하게 드러낼 수 있는 어휘를 발견할 때까지는 그 대상을 말하지 말아야 한다는 뜻이다. 창작자로서 갖는 순결한 예술 의식으로 볼 수도 있는 이러한 원칙은 실제 우리의 글쓰기에서도 절대적으로 필요한 항목이다. 아래의 예를 보자.

　ⓐ 어머니는 불교는 믿지만 나는 교회를 믿는다.
　ⓑ 이번 일요일에 나랑 탁구 치러 가자.

　ⓐ의 문장은 우선 의미적으로는 읽히지만 문장의 정확성에서는 엉망이다. 이 문장에서는 '교회'가 아니라 '기독교'가 정확한 어법이다. ⓑ의 경우 역시 '치러'가 아니라 '하러'가 정확한 표현이다. '탁구' 자체가 공을 친다는 의미의 한자어이기 때문에 '치러'를 사용할 경우 의미의 중복을 가져온다. '축구 찬다' 대신에 '축구 한다'라는 표현을 사

용해야 하는 까닭 역시 이러한 맥락이다. 이러한 부적절한 어휘의 사용은 대화와 같은 구어(口語)에서 간혹 의미 전달에 무리가 없는 경우에 가능하나 문어(文語)에서는 용납되지 않는다. 문어의 첫 번째 원칙은 바로 정확성이기 때문이다. 그래서 사람들은 말보다 글이 더 어렵다고 하는 것이다.

내용의 논리 역시 마찬가지다. '나는 칠흑 같은 어둠을 달렸다. 정신없이 한참을 달리다가 산모퉁이를 돌아 돌부리에 걸려 넘어졌다'라는 문장을 예로 보자. 얼핏 보면 별다른 문제가 없어 보이지만 논리상으로 맞지가 않다. 이를 정확하게 고치자면 '산모퉁이를 돌다가 넘어졌다. 걸려 넘어진 곳을 더듬어 보니 돌부리가 있었다'가 되어야 한다. 어휘의 정확성 못지않게 논리에 맞는 문장을 구사하여야 하는 것은 두말할 필요도 없다.

문장의 논리에 대해 좀 더 밀도 있게 살펴보자. 문자의 논리란 곧 문장의 논리적 호응을 이야기하는 것으로 문장의 논리적 조직화를 뜻한다.

'수돗물이 오염된 것으로 밝혀져 시민 건강에 위협이 되고 있습니다'라는 문장을 예로 들어 보자면, 이 문장 역시 인과관계의 잘못된 표현으로 내용상의 논리적 모순을 지니고 있다. 수돗물이 오염된 것으로 밝혀져서 시민 건강이 위협받는 것이 아니라, '수돗물이 오염되어 시민 건강을 위협하고 있는 것으로 밝혀졌습니다'가 논리상 맞는 문장이다. 이 알쏭달쏭한 미묘한 차이를 쉽게 이해할 수 있다면 꽤 논리적 인간에 속할 것 같다.

아무튼 문장은 어법에 맞아야 한다. 아무리 훌륭한 내용과 멋있는 표현이라고 할지라도 어법, 문법에서 어긋나면 글쓴이의 교양과 학식이 의심받게 되는데, 이는 마치 멀쑥하게 차려입은 신사의 바지 앞지퍼가 열린 것과 같은 형상이라 하겠다.

6) 경제성

경제성이란 일반적으로 최소의 비용으로 최대한의 효과를 얻는 것을 의미한다. 역시 글쓰기에 있어서의 경제성 역시 최소한의 표현으로 최대한의 의미를 전달하는 것을 말한다.

『레 미제라블』을 쓴 빅토르 위고가 책이 출간된 후에 출판사에 "?"한 자만을 적은 편지를 보냈다고 한다. 그 의미는 '내 작품은 어떤가? 좋은가, 나쁜가? 잘 팔리는가, 안 팔리는가?'였다. 그리고 며칠 후 출판사로부터 답장이 왔다고 한다. 역시 세상에서 가장 짧은 편지였다. "!" '놀랍다. 잘 팔린다. 끝내 준다' 이런 뜻이 아니었을까. 이 둘의 편지는 문장의 경제성을 가장 극명하게 보여 주는 예인 듯싶다.

그러나 경제성의 가장 큰 적은 동어반복이다. 우리가 이따금 술자리에서 대화를 나눌 때, 했던 말을 몇 번이고 되풀이하는 이를 한번쯤은 만나 보았을 것이다. 그때의 심정은 어떠하였는가. 흔히들 지겹다고 대답한다. 동어반복이란 이렇게 표현이 같거나 의미가 같은 말이 되풀이되는 것인데, 같은 내용이 되풀이되는 데에서 오는 장황함과 단조로움을 피하기 어렵다. 그리고 이때의 반복은 강조를 위한 수사적 반복과는 또 다른 차이를 둔다. 따라서 이러한 비경제적인 반복을 피하려면 반복되는 어휘 중에서 없애 버려도 의미 전달에 영향을 주지 않는 어휘는 모두 제거하고 반복되는 어휘를 비슷한 의미의 다른 표현으로 대체해야 한다. 이럴 경우 글은 단조로움을 피하고 인상을 강하게 만드는 의외의 효과를 거둘 수 있다.

동어반복과 비슷한 완곡어법이라는 것도 있다. 이는 전달하고자 하는 의미를 직설적으로 표현하지 않고 빙빙 돌려서 표현하는 것인데, 특히 글쓰기에서 수식어나 완곡어법을 사용하는 이유는 주로 좀 더

세련된 표현으로 의미를 전달하고자 하는 욕심에서 비롯된다. 이러한 대부분의 경우에는 주로 장황함과 산만함으로 글의 명료성이 떨어지고 명쾌한 어조에서 우러나오는 글의 힘도 약하게 된다. 필자도 가끔 습관적으로 잘못 사용하는 어법이 있는데, 이를테면 '-이라고 할 수 있다', '-보다 더욱 중요한 것은 없다', '-해야 마땅한 것이다' 등이다. 이러한 표현은 글의 경제성이나 정확성을 위해 '-이다', '-이 가장 중요하다', '해야 한다'로 고쳐야 한다.

7) 인 용

인용이란 남의 글이나 말 가운데서 필요한 부분만을 끌어다 쓰는 것을 말하는데, 그 형식은 크게 네 가지로 구분할 수 있다. 먼저 남의 글을 있는 그대로 옮기는 직접 인용과 그 요지만 빌려 와 자신의 표현으로 옮기는 간접 인용, 그리고 빌려 온 곳을 분명히 밝히는 경우 명인(明引)과 이를 밝히지 않고 그저 빌려 왔다는 사실만을 밝히는 암인(暗引)이다.

그러나 남의 글을 빌리되 그 사실을 밝히지 않았을 경우는 표절이라고 한다. 표절은 글쓰기뿐만이 아니라 음반이나 드라마의 영역에서도 논란의 대상이 되는데, 이러한 예는 보통 초보자들의 경우가 많다. 이는 자신의 글쓰기 능력은 미숙한 데 반해 좋은 글로써 자신을 과시하고 싶은 욕망이 지나치게 크기 때문이다. 우리 문학사에도 많은 표절의 논란이 있었던 사실이 있다.

표절로 인해 창작자가 도덕적 치명상을 입는 경우를 어렵지 않게 볼 수 있는데, 이때 인용과 표절의 차이는 단순하게 빌린 사실을 공개하는지 숨기는지에 의해 판명된다. 이 사소한 차이로 글에 대한 신뢰감을 자아내게 할지 아니면 글쓴이에 대한 인격적 경멸감을 자아내게 할지 명심해야 할 것이다. 오히려 적절한 인용은 오히려 글과 글쓴이 모두에 신뢰감을 얻게 해 준다. 인용을 했다고 해서 이를 독창성이 없다거나 사고가 미숙하다고 생각하는 사람은 없기 때문이다. 효과적인 인용은 오히려 자신의 논지를 강화하고 글쓴이가 지닌 교양의 폭을 보여 주기도 한다.

제 3 장
주제의 발견

1. 주제란

2. 주제 선정의 방법

3. 주제문 작성

4. 주제문을 작성할 때 조심해야 할 점들

5. 자료 수집

6. 자료 수집의 방법

7. 글의 소재 정리법

1) 왜 글을 쓰는가

　문장이란 무엇인가를 이야기한 1장에서 우리는 이미 글쓰기가 어떤 의미인지를 함께 고민해 본 바가 있다. 그리고 이 자리에서는 글쓰기의 첫걸음이 무엇인가를 살피고자 한다. 글쓰기의 첫걸음은 바로 글을 쓰는 동기와 글의 목적이 무엇인지를 정확히 파악하는 것이다. 산행을 할 때 나침반과 지도를 가지고 어느 곳을 경유에 어느 목적지를 찾아가야 할지를 정확하게 정하는 것과 마찬가지다. 동기와 목적을 잃어버리면 글의 방향마저 잃어버리고 횡설수설하거나 혹은 용두사미의 허탈한 지경에 이르기 때문이다

　우선 글은 크게 일상적 생활에 의해 쓰는 경우와 자신의 주장이나 의견을 내세우기 위해 쓰는 글, 그리고 개인적 표현 욕구에 의해 쓰는 글로 나눌 수 있다. 첫 번째의 경우는 안부 편지, 모임 안내문,

광고문, 자기소개서 등을 그 예로 들 수 있고, 두 번째는 신문의 논설이나 단평, 실험이나 조사의 결과를 기록한 글 등을 말하며, 마지막의 경우는 독후감이나, 음악 감상문, 일기, 시·소설·수필 등의 예술적인 글을 의미한다. 이렇게 분류를 하는 것은 결국 글을 쓰는 동기나 목적에 따라 글의 성격이 달라지고 이에 따라 글을 쓰는 방법도 달라지기 때문이다.

2) 무엇을 쓸 것인가

글을 쓰기 전에 우리는 반드시 '무엇'을 쓸 것인가를 생각하게 되고, 나는 '이런 것'을 쓰겠다고 결심하는 데서 진정한 글쓰기가 시작되는데, 이때의 '이런 것'을 쓰겠다고 마음먹는 일이 곧 주제를 선정하는 일에 해당된다. 주제의 사전적 의미는 '예술 작품에서 작가가 그리려고 하는 중심 제재나 사상'인데, 이를 풀어 말하자면 글 속에서 말하고자 하는 가장 중요한 내용이라고 할 수 있다. 글 쓰는 이가 표현해 내려고 하는 중심 사상 즉 쓸 거리 가운데서 글 쓰는 이가 특별히 초점을 맞춘 핵심적인 내용이 바로 주제인 것이다. 글의 중심을 이루는 주제가 적정하게 설정되어야만 균형 있고 짜임새 있는 글을 쓸 수 있는 것이다. 글에서 주제가 없으면 글은 알맹이가 없는 산만한 내용이 된다. 단팥 없는 찐빵이라든지, 꼬치 빠진 어묵이라든지. 따라서 글쓰기의 첫 번째 열쇠는 주제의 선정이다.

2. 주제 선정의 방법

1) 주제의 범위를 한정한다

주제를 선정할 때 그 범위를 너무 넓게 잡으면 짧은 글 속에 주제를 다 포용할 수 없는 경우가 생기며, 이러한 글은 내용이 피상적이고 추상적으로 흐르기 쉽다. '인생론'이나 '사상론'에 대한 글을 쓸 수가 없는 것은 아니나, 일반인이 글쓰기의 주제로 삼기에는 적절치 못하므로 그 범위를 한정하여 분량에 걸맞은 글을 써야 할 것이다. 이를테면 '내 인생에서 가장 소중한 것 세 가지'라든지, '삶을 버티는 나만의 가치'라든지의 주제가 더 어울릴 것이다.

2) 글의 길이와 소재 · 자료 선택을 고려하여 주제를 정한다

글의 분량이 주어질 경우 이에 합당한 주제를 선택하는 것도 기술적인 면에서 필요하다. 아이들의 백일장에서 특히 요구되는 부분인데, 주어진 분량과 글 쓰는 이의 능력 안에서 소화될 수 있는 소재나 자료의 선택이 이루어져야 한다. 이때 이용되는 소재나 자료는 지나치게 특수하고 개별적인 것이 아닌 것으로 독자가 이해할 수 있는 것이어야 한다.

3) 생활 속에서 오랫동안 관심을 가지고 생각해 왔던
일들을 다루어야 한다

왜냐하면 자신이 제대로 알 수 없는 불분명하고 모호한 대상을 주제로 삼으면 그만큼 불투명한 내용을 글로 쓸 수밖에 없기 때문이다. 따라서 자신이 누구보다 잘 안다고 생각하는 대상에 대해서, 작고, 쉽고, 흥미 있는 것에 대해서 쓰는 것이 올바를 것이다

4) 누구나 공감을 느낄 수 있는 것이어야 한다

글을 읽는 독자가 관심을 갖고 흥미를 가질 수 있는 것이 좋다. 특수한 상황이나 특별한 대상에 대한 이야기는 독자들의 호감을 얻을 수 있겠으나 자칫 잘못 쓰면 오히려 그 반대의 경우가 생길 수도 있으니, 그보다는 보통 사람들이 쉽게 접할 수 있는, 그래서 쉽게 마음을 열 수 있고 공감할 수 있는 주제를 고르는 것이 바람직하다.

5) 글을 쓰는 목적에 맞는 주제를 택해야 한다

이는 글의 일관성을 유지하는 것인데, 어떤 사실을 상대에게 알리기 위한 글이라면 그 사실을 정확히 전달할 수 있도록 주제를 분명하게 제시하여야 하고 어떤 문제를 제기하기 위한 글이라면 그 문제점이 구체적으로 드러날 수 있도록 주제를 정해야 한다.

6) 참신한 주제를 택한다

주제는 무언가 새롭고도 관심거리가 될 만한 것이어야 한다. ④에서 이야기한 것과 다소 어긋날 수 있지만, 작고 쉬운 일상의 소재라할지라도 미처 다른 사람들이 발견하지 못하거나 느끼지 못한 새로운 면을 찾아 글로 옮긴다면 독자들에게 참신한 느낌을 줄 수 있다. 새롭지 못한 구태의연한 주제는 독자에게 아무런 감흥이나 호기심을 주지 못하기 때문이다. 참신성은 곧 주제의 생명력이라고도 말할 수 있다. 소재는 친숙한 것이 좋고 주제는 참신한 것이 좋다는 얘기이다.

3. 주제문 작성

주제를 설정함에 있어서도 나름의 단계가 있다. 먼저 무엇에 대해 쓸것인가를 생각하는 막연한 주제 설정에서 시작한다. 그리고 두 번째로는 주제를 정리하는 순서가 필요한데, 자신의 관심과 능력에 맞춰 작고, 쉽고, 흥미로운 것으로 방향과 범위를 한정하는 기술이 필요하다. 그리고 마지막에는 자신의 견해를 분명히 드러낼 수 있는 문제를 택하는 주제의 확정으로 주제 작성을 마무리한다. 즉 1단계의 막연한 대주제를 2단계에서 자신의 능력과 관심에 맞춰 구체화하여 마지막 3단계에서는자신의 주관적 견해가 명확히 드러날 수 있는 주제로 확정한다.

이를테면 우정을 대주제로 한다면 2단계에서는 '우정의 조건' 혹은 '우정의 필요성' 또는 '남녀 간의 우정'으로 주제를 정리하거나 한정하고 이때 범위를 한정하여 우정을 '남녀 간의 우정'으로 한다면, 3단계 주제의 확정에서는 '남녀 간의 우정은 성립될 수 있다'라는 주제문이 나올 수 있는 것이다.

글쓰기를 할 때 주제를 구체화하여 그것이 더욱 분명하게 드러날 수 있도록 주제문을 작성해 두면, 생각이 한데 모아져서 글이 주제에서 벗어나는 일을 막을 수 있다. 그리고 주제문은 글 전체의 통일성 유지를 위해 필요한 것이며 따라서 주어와 서술어를 갖춘 완전한 문장으로 써야 한다. 마지막으로 주제문은 그 표현이 정확하고 구체적이어야 한다. 주제나 너무 막연하거나 글 쓰는 이의 태도가 전혀 나타나 있지 않은 주제문은 이미 주제문으로서의 가치를 저버리고 있기 때문이다.

4. 주제문을 작성할 때 조심해야 할 점들

1) 불완전성

주제문은 글을 쓸 때 필자의 의도를 흐트러지지 않게 하기 위한 하나의 장치이기 때문에 완전한 문장의 형식을 갖추어야 내용 전개 과정에서 혼동을 일으키지 않을 수 있다. '현대 과학과 인류에 대하여'라든지 '사회 안정의 필요성'보다는 이를 문장으로 완결시켜 '과학과 인류이 상관관계는 상호 발진직이다' 혹은 '국가의 경제 발전을 위해 사회의 안정은 필수적이다'라는 식이 문장형 주제문이 필요하다.

2) 모호성

주제문이 모호하면 필자의 의사가 정확히 드러나지 않을 수밖에 없으며, 때로는 필자 스스로 논지 전개 과정 가운데 혼란에 빠지는 수도 있다. 예를 들어 '안중근 의사와 같은 삶을 살아야 한다'라는 주제문의 경우 안중근 의사의 삶이 어떠하였으며 그 삶 전체를 말하고자 하는 것인지 아니면 어떤 특정한 측면의 삶의 방식을 말하고자 한 것인지가 모호하다. '사형 제도는 나쁘므로 폐지되어야 한다'라는 주제문 역시 지나치게 감정적이고 논리의 근거가 없다.

3) 의문이나 감탄문의 경우

주제문으로 의문문이나 감탄문을 사용할 경우 필자 스스로 어떤 태도를 가지고 있는지를 모호하게 하는 요소가 된다. '사람은 누구나 행복을 추구하는가?'라는 주제문의 경우 행복을 추구한다는 것인지 아니라는 것인지가 모호하며, '이 세상에서 행복보다 중요한 것이 있을까?'라는 주제문은 행복보다 중요한 것이 있다는 것인지 없다는 것인지 헷갈리게 한다. '세상은 얼마나 아름다우냐!'라는 주제문 역시 독자를 얼마나 난감하게 만드는가.

4) 수식어가 들어가는 경우

지나친 수식어는 주제문에서 삼가야 한다. '환경보호를 위해서는
악마와 같은 대기오염을 방지해야 한다.'라는 주제문에서 '악마와 같
은'이라는 수식어는 불필요하며, '중동의 세계의 화약고다'라는 은유적
표현 역시 삼가는 것이 좋다.

5. 자료 수집

글을 쓰기 위해서는 주제 설정 다음으로, 정해진 주제에 맞는 내용
을 풍부하게 살려 줄 수 있는 자료들을 찾아야 한다. 그리고 글의 자
료, 즉 소재의 수집 선택 기준은 다음과 같다.

1) 주제를 뒷받침할 수 있는 것이어야 한다.
   즉 주제를 효율적으로 전달할 수 있는 소재만 선택하는 것이
   필요하다.
2) 내용이 확실한 소재를 골라야 한다.
   정확한 내용을 담고 있지 않은 소재는 글의 주제를 살릴 수 없
   으며, 글의 생명도 유지할 수 없기 때문이다.
3) 글의 소재는 다양하고 풍부해야 한다.
   소재가 부족하면 글의 내용이 단조롭게 되거나 흥미가 줄어들
   기 때문이다.

4) 다른 사람들이 흥미와 관심을 가질 수 있는 소재이어야 한다.

6. 자료 수집의 방법

1) 생활 일기를 포함한 독서 일기 · 영화 일기 · 음악 일기 등을 이용할 수 있다

일기는 그날그날의 체험을 가장 풍부하게 기록할 수 있는 방법이기 때문에 많은 시간이 흐른 뒤에 다시 본다 해도 체험 당시의 생각을 고스란히 되새길 수 있는 큰 동력이 된다. 체험은 글감을 얻는 가장 간단하면서도 절대적인 방법이다. 따라서 글이라는 것이 생각의 표현이고 생각이라는 것이 존재에서 비롯된다면 결국 '나'의 실존 자체가 생각을 표현하는 첫 글감이 되는 것이다.

2) 메모와 스크랩

요즘은 인터넷이 생활화되어 그때그때 필요한 정보들을 검색할 수 있지만, 인터넷 등의 정보검색에서도 누락되는 것들이 의외로 많다. 메모와 스크랩은 개인적이거나 감정적인 자료 이외에도 순간순간 무수히 쏟아져 나오는 정보들을 접수하여 글감으로 저장해 놓는 방법으로 전문성과 시사성을 요구하는 글쓰기에서 대단히 유용하다. 특히 메모나 스크랩의 수작업을 통해 자료 수집은 그 자료의 가치를 한 번 더 검증할 수 있는 기회가 되기도 한다. 그러나 무수한 정보들을 일단 저장해 놓는다고 해서 모두가 쓸모 있는 글감의 수집이라고는 볼 수 없다. 글을 쓸 때마다 무더기로 쌓인 메모지나 스크랩북을 뒤져야 하는 고충도 만만찮은 것이기 때문이다. 그렇기 때문에 항목 별로 분류하고 정리하는 작업이 필요하다.

3) 사진과 뉴미디어

위에서 말한 인터넷은 세계를 하나의 지붕으로 엮고 있어 세계화라는 말을 실감케 할 정도의 위력을 지니고 있다. 이는 인터넷뿐만이 아니라 이외의 다양한 루트를 통한 자료의 수집이 가능해졌다는 이야기인데, 이렇게 방대하고 시스템화된 자료들은 한걸음 더 나아가 단순히 주제의 전달에만 기여하는 것이 아니라 기억력의 새로운 저장 창고 역할을 함으로써 글감의 보물 창고가 되기도 한다.

7. 글의 소재 정리법

1) 먼저 소재들이 주제에 잘 부합되는지 확인한다.
2) 다음으로 일차적 자료와 이차적 자료 혹은 직접적인 자료와 간접적인 자료로 구분한다. 이렇게 함으로써 글의 내용에 적절하

게 활용할 것과 참조할 것을 구분할 수 있으며, 글의 내용 전
개도 더욱 용이하기 때문이다.

3) 글의 전체적 구성에 따라 대상의 순서를 정해 소재를 배열한다.
   소재를 효과적으로 이용할 수 있기 때문이다.

제 4 장
글의 구상과 개요

1. 구상이란
2. 구상의 기능
3. 구상의 틀
4. 개요란

1. 구상이란

글을 쓰는 어려움은 쓸 내용이 없어서 막막할 때에도 찾아오지만, 일단 글쓰기를 시작한 후에 머릿속의 생각과 내용을 어떻게 풀어내야 할지가 더 막막하고 큰 문제가 되기도 한다. 이때 이런 이야깃거리를 정리하는 것을 '구상(構想)'이라고 하는데, 구상이란 글을 쓰는 설계도와 같다고 할 수 있다. 그리고 구상은 결국 내용을 어떤 순서로 써 갈 것인가를 결정하는 일이기 때문에 먼저 줄거리를 만들어 보는 것이 좋다. 이때 줄거리에는 글을 쓰는 동기에서부터 목적, 전개되는 글감, 그 글감들이 드러내는 주제까지 일목요연하게 제시되어야 더욱 효율적이게 된다.

2. 구상의 기능

1) 구상은 글 전체의 통일성을 얻어 낼 수 있다

정리된 구상을 읽어 보면서 앞부분과 중간 부분, 마지막 부분을 전체적으로 조망할 수 있기 때문이다.

2) 구상은 글의 긴밀성을 더해 주고 강조가 잘 드러나게 한다

구상을 함으로써 글의 각 문단들이 주제와 더 긴밀히 관계되게 된다. 한 편의 글은 한 편의 음악과 같이 그 자체로 제 리듬을 지니고 있어야 하는데, 계속해서 강한 인상만을 준다든지 반대로 약한 인상만을 주면 독자들은 글을 읽고 나서 글의 주제가 무엇인지 기억조차 하기 어렵다. 마치 강약이 없는 드라마나 영화를 보고 난 후 그 줄거리를 말하기 힘들 때의 경험과 같다. 그러나 구상을 잘 정리하게 되면 내용이 긴밀하게 짜인 글을 만들어 낼 수 있어 글에 강약의 리듬을 줄 수가 있다.

3) 구상은 표현한 내용을 전체로부터 자세한 곳까지 더욱 깊고 촘촘하게 생각하도록 한다

구상이란 앞서 말한 바와 같이 하나의 설계도와 같은 것이어서, 무슨 글이든지 구성의 일반적인 틀 위에다가 자기가 생각한 요소들을 맞춰 보면 빠지는 것과 넘치는 것을 알 수 있고, 글의 부분마다 차례차례 생각의 깊이를 너함으로써 더 사세하고 싶은 글을 쓸 수 있게 된다.

3. 구상의 틀

구상은 일반적인 조건에 의해 크게 두 가지로 구분할 수 있다.

1) 전개적 구상 - 시간적 구상: 시간의 흐름에 따른 이야기 배열
　　　　　　　 - 공간적 구상: 공간적인 상호 관계에 따른 이야기 배열
2) 종합적 구상 - 3단 구상: 서론 - 본론 - 결론
　　　　　　　 - 4단 구상: 기 - 승 - 전 - 결(起承轉結)
　　　　　　　 - 5단 구상: 발단 - 전개 - 위기 - 절정 - 대단원
　　　　　　　 - 열거형 구상: 예증과 유사성의 나열
　　　　　　　 - 점층형 구상: 강조의 집중과 확대

1) 전개적 구상

(1) 시간적 구상

전개적 구상에서 시간적 구상은 시간의 흐름에 따른 배열로써, 구상에서 가장 일반적인 방법이다. 주로 개인의 경험, 역사상의 사건이나 소설 등 시간의 경과에 따라 이야기가 진행되는 데 적합한 방식인

데, 시간의 순서를 역행하는 방법도 있다. 이는 여행기, 견문록, 소설 등의 글에서 종종 볼 수 있는 회상의 수법으로 과거를 역행하는 경우가 이에 해당된다. 전개적 구상은 자기의 경험을 생각해 내며 대체적인 시간의 순서에 따라 써 나갈 수 있으므로 비교적 쓰기 쉬운 방식인데, 글쓰기가 서투른 사람이 경우 자신의 경험을 시간의 순서로 써 보는 연습을 하면 글쓰기에 많은 도움을 받을 수 있을 것이다.

전개적 구상 중 만화를 그리는 순서를 시간적 구상에 의해 적어 보면 다음과 같다.

① 스토리를 작성한다.
② 콘티를 짠다.
③ 밑그림을 그린다.
④ 인물의 펜터치를 한다.
⑤ 배경을 꼼꼼히 그린다.
⑥ 마무리를 한다.

(2) 공간적 구상

전개적 구상에서 두 번째의 공간적 구상은 주로 제도나 기관, 장소, 경치, 사물 따위를 설명이나 소개하는 데에 알맞은 방식이라 할 수 있다. 여기서는 쓰려고 하는 대상의 특색이나 성질 따위를 미리 충분히 분석하고 각각에 대해 취급해 가는 것이 보편적인 방법이다. 이러한 방식을 이용하여 '환경오염의 심각성을 지적하고 그 대책을 마련하자'라는 주제의 구상을 적으면 다음과 같을 수 있다.

① 대기 오염

② 수질 오염

③ 토양 오염

④ 기타 오염

⑤ 환경 오염의 대책 방안

2) 종합적 구상

글 쓰는 이의 의지를 강하게 드러내기 위해서는 일반적으로 종합적 구상을 취한다. 종합적 구상은 소재를 재구성하여 논리적 관계를 명백히 드러내기 때문에 논리적 구상이라고도 한다.

(1) 3단 구상

종합적 구상의 대표적 예는 3단 구상인데, 3단 구상은 문단의 배열을 서론과 본론, 결론 또는 도입, 전개, 정리의 세 덩이로 지은 구상이다. 이러한 3단 구상은 비교적 간단한 구성으로 되어 있어서 주제에 의해 문장 전체를 긴밀하게 통제할 수 있는 장점이 있다. 따라서 주제를 명료하게 전달해야 하는 논문 형식의 글에 적합하다.

(2) 4단 구상

4단 구상은 동양적 구상법이라 할 수 있는데, 본래 한시(漢詩)의 절구나 율시의 작법에서 유래하였다. 기·승·전·결의 네 부분으로 구성되기 때문에 3단 구상보다는 변화가 있고 흥미를 유발시키며, '승'에서 '전'으로 이르는 과정은 글의 긴장을 풀었다가 다시 응축시키는 나름의 기교를 부릴 수 있는 구상이다.

(3) 5단 구상

5단 구상은 그 기원을 고전적인 서구의 희곡 작법에 두고 있다. 이 구상법은 발단 – 전개 – 위기 – 절정 – 결말이라는 구상 단계를 통해 흥미 유발, 문제 제기, 해결 방법 제시, 증명, 요약의 절차를 밟는다. 따라서 이러한 구상법은 비교적 긴 설명이나 설득 또는 보고나 논증의 글에서 자주 볼 수 있다.

흔히 3단 구상과 4단 구상 5단 구상을 합쳐서 단계식 구상이라고도 하는데, 여기에 대응하는 방식으로 열거형 구상과 점층형 구상이 있다.

(4) 열거형 구상

열거형 구상은 중요하다고 생각되는 한 문제에 초점을 맞춰 풍부한 예증과 유사성을 나열하는 방식으로 문제들 사이의 관련이 긴밀하지 않고 논리적 연관성이 적을 때 사용된다. 반드시 철저하게 논리적으로 조립해야 하는 것도 아니고 다만 글 쓰는 이의 폭넓은 지식이 요구되는 점이 어려운 점이 있어 일반적인 글에서는 본론의 일부로 존재하는 경우가 많다.

(5) 점층형 구상

점층형 구상은 대개 강조 중에서 가장 강조되거나 중요시되는 부분이 뒤에 오도록 배치한다. 이러한 방식은 문학 작품에서 널리 쓰이는 방법인데, 본론의 문제나, 문제 해결의 가짓수가 많을 때, 중요성이 덜한 것에서 더한 것으로 나아가거나 그 반대로 나아가거나 하는 방식이다. 특히 후자의 경우를 '점강법'이라고 하여 따로 구분하기도 한다.

4. 개요란

　모든 일이 그러하지만 특히 글을 쓰기 위해서 우리는 머릿속에 떠오른 주제의 알맹이로부터 점차 뼈대를 세우고 살을 붙여 나아간다. 이 뼈대와 살을 짜임새 있게 하기 위해 구상을 도식화하여 기록해 보는 것이 효과적인데, 이를 '구상 개요' 혹은 줄여서 '개요'라고 한다. 즉 개요란 이미 수집해 놓은 제재나 소재를 적절하게 글 전체에 배치하는 작업인데, 주제에 대한 생각들이 질서를 잡는 일은 이 개요를 작성함으로써 이루어진다.

1) 개요작성

　글쓰기의 준비는 개요가 작성되어야만 모두 이루어졌다고 할 수 있다. 왜냐하면 개요는 글의 구체적인 설계도인 동시에 글을 써 나가는 방향을 지시해 주는 지침이 되기 때문이다. 개요는 일반적으로 구상을 바탕으로 작성된다. 굳이 개요의 역할을 정리해 보자면 다음과 같다.

(1) 글 전체의 흐름을 보여준다.
(2) 글이 나아갈 방향을 제시한다.
(3) 글이 주제에서 벗어나는 것을 방지해 준다.
(4) 길이나 내용에 있어서 글의 균형을 유지해 준다.

2) 개요의 종류와 작성시 주의점

개요는 일반적으로 화제 개요와 문장 개요로 구분할 수 있다. 화제 개요라는 것은 각 항목의 핵심어구로 개요를 짜는 것이고, 문장 개요는 말 그대로 각 항목을 하나의 문장으로 묶어 짜는 것을 말한다. 그리고 개요 작성할 때에는 다음과 같은 사항을 주의해야 한다.

(1) 개요는 글 전체의 흐름을 알 수 있도록 짜야 한다.
(2) 글 쓰는 종류에 따라 개요는 달라진다.
(3) 개요 속에서 자료까지 미리 검토할 수 있도록 배치하는 것이 좋다.
(4) 항목 간의 위계를 갖출 수 있도록 한다.

(1)의 경우 짧은 글에서는 화제 개요가 간결하고 쉽게 사용될 수 있겠지만, 반대로 많은 분량을 요하는 글이라면 오히려 문장 개요가 적당하다. 이외에 개요 작성에서 있어서 주의할 점은 먼저, 주제의 내용을 두 가지 이상의 중요한 논점으로 나누어 대항목을 정한다는 점과 대항목은 다시 두 가지 이상의 종속적인 논점으로 나누어 중항목 또는 소항목을 정한다는 것이다. 그리고 각 항목은 상위 항목과 하위 항목이 일관성을 유지하도록 부호나 숫자로 표시해야 혼란을 줄일 수 있다. 개요의 예를 보고 싶다면 책이 목차를 살펴보면 쉽게 이해할 수 있을 것이다.

3) 개요 작성시의 비논리적 묶음 유형

반사학습의 예로써, 개요 작성시 자주 범하는 비논리적 묶음의 유형을 살펴보자.

(1) 동일 관계를 혼동하는 경우

이것은 두 가지 사항이 서로 같은 범주에 있어서 나눌 필요가 없는데도 나누어 비논리적 분류가 되는 경우이다. 예를 들어 '장동건은 성실하다'와 '장동건은 휴식도 없이 대본 연습을 한다'는 두 항목이 있을 때 이들을 나누는 것보다 한 범주에서 다루는 것이 좋다.

(2) 대소 관계를 혼동하는 경우

이것은 상위 관계와 하위 관계로 구성된 항목이 동등한 단계로 묶여 비논리적인 분류가 되는 경우이다. 예를 들어 '이병헌의 학교 성적', '이병헌의 국어 성적'과 같은 항목은 전자가 후자에 비해 상위개념이므로 동등한 단계로 묶어서는 안 된다.

(3) 모순 관계를 혼동하는 경우

이것은 한 부류에 속하는 A와 B가 합하여 완전한 상위 집합을 구성하지 못해 비논리적인 분류가 되는 경우이다. A와 B의 합과 전체의 합과 일치하지 않는 경우인데, 예를 들어 '사회의 구성원'을 다루면서 '잘 사는 사람'과 '못사는 사람'으로 구성하였다면 좋은 분류하고 볼 수 없다. 왜냐하면 이 두 항목 말고도 '보통으로 사는 사람'이기 때문이다.

4) 개요 작성시의 오류

(1) 지나치게 간결하여 무엇을 쓰고자 한 것인지 알 수 없는 경우

이다. 아래의 예시와 같이 서론과 결론에 대한 언급 없이 본론만 달
랑 적어 놓을 경우 개요의 제 역할을 다하고 있다고 할 수는 없겠다.

> 주제문: 광고의 언어는 현실의 언어와는 달리 순간적이고 강렬한
> 인상을 남긴다.
>   Ⅰ. 서론
>   Ⅱ. 본론: 광고 언어와 일반 언어
>   Ⅲ. 결론

(2) **단순히 사안을 열거하여 단계성을 갖추지 못한 경우도** 마찬가
지이다. 논리적 연관선상에서 주제로 집중되어야 하는데 그렇지 못하
다면 이 역시 문제다.

> 주제문: 광고의 언어는 현실의 언어와는 달리 순간적이고 강렬한
> 인상을 남긴다.
>   Ⅰ. 광고는 순간적이다.
>   Ⅱ. 광고 언어는 강렬한 인상을 남긴다.
>   Ⅲ. 광고는 짧은 시간에 이루어진다.
>   Ⅳ. 결론

(3) **마지막으로 세부 개요가 작성되지 않은 경우도** 오류에 해당한다.
앞에서 말한 바를 다시 정리하자면, 글 전체의 주제가 잡히고 이에
필요한 자료가 수집, 정리되면 전체적인 글을 어떻게 쓸 것인가를 계
획해야 하는데, 이것이 바로 글의 개요이다. 즉 집을 지을 때 먼저
가상적으로 설계도를 그려 보듯이 실제 글을 쓰기 전에 전의 글의 윤

곽을 그려 보는 것이 필요하다. 이것은 머릿속에서 정리한 글 쓰는 이의 의도나 구상을 그대로 표현할 수 있는 효과적인 방법이기 때문이다.

제 5 장
글쓰기의 방식과 서술의 방식

1. 글쓰기의 관점
2. 글 쓰는 이의 입장
3. 글 쓰는 이의 태도
4. 서술의 방식

1. 글쓰기의 관점

글쓰기의 관점이란 글 안에서 다루고 있는 문제에 대한 글쓴이의 입장이라고 말할 수 있다. 그리고 세상에 대한 일에서와 마찬가지로 입장은 일반적으로 세 가지로 나눌 수가 있다.

ⓐ 찬성·동정·호의
ⓑ 반대·비난·반감·악의
ⓒ 냉정하고 중립적인 제3자의 입장 혹은 객관적 입장

어떤 사항이나 의견에 대하여 글 쓰는 이는 찬성이나 반대의 입장에서 글을 쓸 수 있다. 이를테면 미국과 이라크 간의 전쟁이라든지, 북한의 핵 문제라든지, 아니면 집 앞의 쓰레기 무단 투기라든지. 그러나 찬성이나 반대의 이유를 냉정하고 공정하게 들면서 글을 써야 한다. 일반적으로 공격적이거나 반감을 품은 글에서는 말의 구석구석에 자신의 입장과 다른 의견이나 생각을 따지는 어투, 상대방을 공격하는 논법이 사용될 것이다. 그러나 중립적인 생각을 가지고 있는 사람이나, 아직 자신의 의견을 정하지 못한 독자들에게는 그러한 방법이 오히려 반감을 사게 하거나 또는 공격의 대상이 된 사람에게 동정심을 갖도록 하는 경우가 있다. 따라서 선동적인 글이 아닌 이상, 감정적인 어조를 되도록 사용하지 않는 것이 더 효과적이다. 조금 과장되게 말하자면 잘 구슬려야 한다는 것이다. 자신의 의견에 동조할 수 있도록 유혹하려면 협박을 하는 것이 아니라 논리적으로 차근차근 자신의 논지를 풀어서 설명해야 한다는 것이다.

2. 글 쓰는 이의 입장

1) 글 쓰는 이의 사상적 입장

글 쓰는 이의 사상적 입장이라는 것은 이른바 이데올로기적 입장으로서 대개 진보냐, 보수냐, 아니면 중립이냐, 민주냐, 공산주의냐 따위로 나눌 수 있다. 물론 이러한 방법은 지극히 기계적인 분리법이다. 일반적으로 사상적 측면에서는 회의주의, 낙천주의, 허무주의, 현실주의 등으로 구분할 수 있으며, 현실의 정치적 문제에서는 친여적(親與的), 친야적(親野的), 중립적(中立的)으로의 구분이 가능하다. 이러한 글 쓰는 이의 입장은 글을 쓰는데 중요한 위치를 차지하는데, 글쓴이의 사상적 입장이 다르면 발상(發想) 방법, 문제를 취급하는 방법, 자료를 선택하는 방법, 말의 사용법, 용어를 쓰는 방법까지 달라지는 경우가 생기게 된다.

2) 인칭의 구별에 따른 입장

글 쓰는 이가 사용하는 인칭의 구별에 따른 입장이란 것은 곧 글 쓰는 이가 글을 쓸 때 일인칭의 단수나 복수, 또는 무인칭 따위로 글을 쓰는 것을 말한다. 일반적으로 글에서는 '나', '저', '자기', '이 사람' 따위의 일인칭이 사용되는 경우가 대다수인데 글쓰기에 서툰 사람은 '나'나 '저'로 글을 쓰는 것이 쉽다. 그러나 그렇다고 해서 문장마다 '나'나 '저'가 들어가 있으면 전체적으로 글에 대한 개인적, 주관적 인상을 주게 되기 때문에 주의해야 한다. 따라서 별 지장이 없는 한 이러한 인칭대명사는 빼 버리는 것이 개인적이거나 주관적이라는 인상을 최소화시키는 효과를 주게 된다.

3) 시점에 따른 입장

특히 소설과 같은 문학작품에서는 작가와 등장인물과의 관계가 중요한 문제가 되는데, 이때 시점이란 그 작품에 있어서의 작가의 위치라고 할 수 있다. 등장인물을 다루는 방법으로는,

(1) '내가……' 하는 식의 일인칭으로 써가는 일인칭 시점
(2) 어느 특정의 주인공을 택해서, 그 인물의 눈을 통해 모든 것

을 보도록 쓰는 일인칭 관찰자 시점

(3) 작가가 관찰자의 입장에서 모든 사건을 객관적으로 바라보며 쓰는 작가적 관찰자 시점

(4) 작가가 전체를 전지전능한 신(神)처럼 멀리 넓게 보며 쓰는 전지적 작가 시점

으로 나눌 수 있다.

먼저 (1)의 경우에는 서술의 진실성을 확보해 주는 효과가 있는데, 주로 자서전이나 자전적 소설에서 많이 사용된다. 그러나 이 입장의 경우 일인칭을 취하고 있는 인물 자신의 경험밖에 쓸 수 없다는 제약이 따른다. (2)는 어떤 인물을 여러 장면에 내놓고, 그 인물의 눈을 통해 그려 내는 경우인데, 인물의 설정에 있어서는 상당히 자유로운 반면 커다란 규모나 넓은 범위에 걸쳐 쓰려고 하면 무리가 생긴다. (3)의 관점은 마치 투명인간의 것과 비슷하다고 생각되는데, 마음까지는 읽지 못하지만 여러 인물의 행동들은 다 읽어낼 수 있는 장점이 있다. 마지막으로 (4)는 작자가 작품의 표면에는 나타나지 않지만 등장하는 모든 인물들의 행동이나 심리나 장면을 자유롭게 나타낼 수 있다. 즉 A와 B의 대화 과정 속에서 A의 속마음과 B의 속마음을 동시에 나타낼 수 있는 것이다. 이러한 입장은 등장인물이 많은 장편 소설에서 자주 볼 수 있다.

위에 제시한 네 가지 중 가장 일반적인 방법은 무엇일까. 그것은 (4)번 전지적 작가시점으로, 작가가 전지전능한 신처럼 멀리 넓게 보며 쓴 경우이다. 이 경우에 작가는 인간의 심리 작용이나 장래의 예상까지 쓸 수 있으므로, 작가에게는 가장 쉬운 위치를 점할 수 있다고 할 수 있다.

4) 내용에 따른 입장

글 쓰는 사람은 일반적인 독자를 상대로 어떤 사실을 객관적으로 기술할 경우에 반드시 중립적 입장을 취해야 한다. 만약 글 쓰는 이의 어조가 강하게 드러나면 글의 객관성을 손상시킬 위험이 크기 때문이다. 글 쓰는 이와 문제가 어느 정도의 거리를 유지하면서 차분하고 논리적으로 서술해야 객관성을 획득할 수 있어 그만큼의 설득력을 확보할 수 있다.

그러나 일반 독자를 상대로 자기주장을 내세우고 독자들을 설득시켜야 할 경우에는 또 다르다. 이때에는 글 쓰는 이의 입장이 강하게 강조되어야 한다. 특히 이러한 글에는 어조가 격렬하고 감동적인 것이 되며, 감탄사를 쓴 문구나 의문형의 문장 등이 등장하게 되는데, 글 쓰는 이의 주체를 드러내는 '나라' 혹은 독자와의 일체감을 조성하는 '우리' 등의 주어가 많이 사용되기도 한다.

3. 글 쓰는 이의 태도

글 쓰는 이는 글을 쓸 때에 글을 쓰게 된 동기와 배경을 생각하고, 글을 읽는 독자의 입장을 고려하며, 자신이 쓰는 글의 방향에 대한 전체적 윤곽을 상정해야 한다. 그리고 자신이 다룰 문제에 대한 견해와 표현의 정도까지도 계산하여야 한다.

4. 서술의 방식

일반적으로 글의 성격과 목적에 따라 글쓰기의 방법이 다양해지고, 이에 따라 효과도 달라지게 된다. 그리고 무엇보다도 글의 성격을 규명하는 가장 중요한 요건은 어떤 목적에 의해 어떤 방식으로 글을 쓰느냐 하는 점이다. 이때 어떤 방식으로 글을 쓰느냐는 바로 글의 서술 방식을 의미한 것인데, 서술이라는 것은 쓰려고 하는 사항을 구체적인 말로 표현하는 것을 뜻한다. 글은 실제로 글을 쓸 때 상대에게 직접 어떤 사실을 설명하여 밝힌다든지. 상대를 설득한다든지. 아니면 상대가 나의 의견에 끌려오게끔 만드는 방법으로 쓰게 된다.

1) 서술 방식의 종류

주제가 정해지고 그 주제를 글로 풀어 나가기 위한 예비적인 절차로 구상과 개요 작성의 과정이 끝나면 본격적인 글쓰기 작업에 들어가게 된다. 한 편의 글을 쓰고자 할 때, 우리는 그 목적과 의도에 따라 글의 종류와 진술 방식을 달리한다. 따라서 글을 쓰기 시작할 때에는 문제가 무엇인가, 어떤 입장에서 쓸 것인가. 그리고 읽을 사람과의 관계는 어떻게 할 것인가를 먼저 고려해야 한다.

이때, 글 쓰는 이가 객관적인 태도로 독자들에게 어떤 대상이나 사건에 대해 정보를 알려 주고 풀이해 주는 글은 설명의 진술이다. 또한 자신의 주관적인 감각을 통해 어떤 대상에 대해 느낀 생각이나 감정을 인상적으로 재현함으로써 독자들에게 가능한 유사한 상상 체험을 불러일으키려는 글은 묘사이다. 의미 있는 사건이나 행동을 시간의 흐름이나 사건의 추이에 따라 전개하고자 할 때에는 서사의 방식을 취한다. 또한, 보다 논리적하고 객관적인 방식으로 어떤 사실을 증명하고 판단하려는 글은 논증의 방식을 원용한다. 이렇게 대표적인 네 가지 진술 양식은 설명, 묘사, 서사, 논증이다. 우리가 읽고 쓰는 대개의 글들은 모두 이 네 가지 진술의 범주에 속한다. 표로 정리해 보자면 아래와 같다.

목 적	서술 방식
알려주기	사실을 알기 쉽게 풀이한다.(설명)
주장하기	주장의 타당성을 증명하고 설득한다.(논증)
그려내기	느낌과 인상을 잘 표현한다.(묘사)
이야기하기	내용의 줄거리를 늘어놓는다.(서사)

이러한 서술 방식은 실제 글쓰기에 있어서 서로 섞이게 마련인데, 이는 한 편의 글을 처음부터 끝까지 하나의 서술 방식으로만 쓸 수 없기 때문이다. 글은 여러 서술 방식 가운데에서 어느 하나가 중심을 이루고, 다른 것들이 보조적으로 쓰이는 것이 보통이다. 그리고 글의 서술 방식은 글을 쓰는 의도와 목적에 따라 적절하게 구사되어야 한다. 글의 의도는 글의 주제와 긴밀한 관계를 맺고 있어서 그 주제를 어떻게 나타낼 것인가 하는 서술 방식에 따라 글의 성격이 결정되는 것이다. 글을 쓰는 목적에 따라 서술 방법이 달라져야 하는 까닭은 적절한 서술 방법을 활용하지 않고서는 글의 성과를 거둘 수가 없기 때문이다. 따라서 쓰는 목적에 따라 가장 효과적인 서술 방식을 선택하는 것이 논지가 확실한 글을 쓰는데 필요하다.

2) 서술 방식의 운용

이 네 가지 각각의 진술을 정확하게 익혀 효과적으로 쓰는 것도 중요하지만, 실제 우리는 글을 써 나가는 과정에서 같은 쓸거리를 가지고도 다양한 의도와 목표에 따라 다른 양식의 글을 쓸 수 있음을 경험하게 된다. 또한 한 편의 글을 써 나가는 과정에서는 이 네 가지 진술 방식을 각기 독립적으로 쓴다기보다 적절히 혼용해 쓰게 된다. 다시 말해서, 이 진술 방식 가운데 어느 한 가지 진술이 일관되게 중심 진술의 성격을 갖는 것은 필연적이나, 다른 종류의 진술을 부분적으로 수용하는 것은 당연하며 불가피한 일이다. 그러므로 글 전체를 지배하는 주된 의도와 그에 상응하는 확고한 진술 방식이 있고, 그 지배적 의도의 진술을 효과적으로 뒷받침하기 위한 다른 종류의 진술 방식이 따르게 된다.

하나의 예로 한 예로, 『나의 문화유산 답사기』(유홍준)와 같은 글은 전국 곳곳의 우리의 문화유산을 기행하며 떠오른 생각과 행적을 기록한 기행문으로, 시간의 전개에 따른 서사의 진술이 주된 양식이다. 그러나 이 글 안에는 유적지에 대한 설명, 어느 특정한 장소와 시간에 떠오른 자신의 감회에 대한 묘사, 여행을 하는 동안 우리의 유산에 대해 굳힌 자신의 주장과 견해의 진술도 아울러 서술되어 있다. 또한 한 편의 소설 역시 서사를 가장 주된 진술 방식으로 삼고는 있으나 그 안에 묘사나 설명적 요소를 포함하게 되며, 신문의 사설이나 학문적 논문들도 논증의 방식을 두드러진 진술로 하면서 설명, 묘사, 서사를 아울러 수용하게 된다.

살아 있는 문장론

제 **6** 장
설명하는 글쓰기

1. 설명이란
2. 설명의 대표적 방식들

1. 설명이란

　'설명'은 독자들에게 어떤 사실을 정의하여 알려 주고, 정보를 제공하고, 사물이나 상황을 분석해 보여 주는 진술 방식으로, 앞서 설명한 네 가지 진술 방식 가운데 가장 널리 쓰인다고 할 수 있다. 이는 '설명'이라는 글쓰기 방식이 묘사나 서사의 진술에 비해 객관적이며 과학적인 문장의 글에 속하기 때문이다.

　먼저 설명하는 글을 쓰기 위해서는 몇 가지 조건들에 유의하여야 한다.

　첫째, 글 쓰는 이는 쓰고자 하는 쓸거리에 대해 체계적이고 깊이 있는 지식과 안목을 지니고 있어야 한다. 그렇지 못한 경우에는 피상적인 차원에서 동어반복만을 하게 되거나 오히려 불필요하게 어렵게 말하게 되며, 조리 있는 설명을 하지 못한 채 문제의 여러 측면을 종횡무진 넘나들게 된다. 어느 한 부분만 유독 확대해 글을 전개하는 것 역시 주의해야 할 점이다.

둘째, 글 쓰는 이의 개인적 감정이나 주관적인 생각을 가능한 배제해야 한다. 최대한 객관적이고 이성적인 태도로 문제들을 풀어 나가도록 하며 가능한 한 정확히 기술해야 한다. 간혹, 독자들로 하여금 어떤 문제에 대해 객관적 설명을 얻게 하기보다 글 쓰는 이의 주장을 받아들이도록 하려는 의도의 글이 있는데 이는 이미 설명의 범주를 벗어난 글이라 할 수 있다.

셋째, 설명하는 글은 무엇보다도 읽는 이들의 이해를 우선으로 하는 진술 방식이므로 읽는 이들의 수준과 취향을 고려해야 한다. 가령 '여성 문제'라는 쓸거리를 다룬다고 할 때, 일반 신문과 같은 대중적인 매체에 실리는 글에서는 대중적이고 폭넓은 독자를 대상으로 한 글을 써야 할 것이며, 보다 전문적인 독자층을 갖는 학술지 등에서는 좀 더 세부적이면서 전문적인 문제에 초점을 두는 글을 쓴다. 다양한 계층의 독자를 염두에 둘 경우와 전문적인 독자를 대상으로 할 경우는 각기 그 설명 방식이 달라질 수밖에 없으므로 독자에 대한 고려가 선행되어야 한다.

2. 설명의 대표적 방식들

설명하는 글의 구체적인 방법이자 하위 항목으로 세분되는 대표적인 방법들에는, 정의, 지정, 비교와 대조, 예시, 인용, 분류, 분석 등이 있다. 설명하는 글에서 이 방법들은 각기 쓸거리와 주제에 따라 보다 효과적이며 적절한 방식으로 적용된다.

1) 정　의

　정의(definition)는 어떤 대상이나 관념이 뜻하는 바를 설명하는 기술방식이다. 즉 '무엇인가?'라는 물음에 대한 응답의 형식이라는 점에서는 지정과 비슷하나, 어떤 대상을 직접 설명하여 확인하는 것이 아니고 그 대상을 가리키는 말이 어떤 뜻으로 쓰였는가를 밝히는 점이 다르다. 예를 들어 '저것은 문화재다'라는 문장은 지정이고, '문화재란 고고학·선사학·역사학·문학·예술·과학·종교·민속·생활양식 등에서 문화적 가치가 있다고 인정되는 인류 문화 활동의 소산(所産)이다'라는 문장은 정의에 해당한다. 정의는 정의되는 쪽(피정의항)과 정의하는 쪽(정의항)으로 이루어진다. 이때, 두 항은 등식 관계에 놓이게 된다.

<u>사랑은</u>　　<u>아끼고 위하며 한없이 베푸는 일 또는 그런 마음이다.</u>
　（피정의항）　　　　　　（정의항）

　정의는 우선 정의되는 항을 한 부류 속에 정립시키고, 다음으로 그 항을 특징짓는 성질을 지적함으로써, 그 부류의 다른 구성 분자들과 구별 짓는 과정을 밟아 이루어진다. 정의를 할 때에는 다음의 세 가지 원칙에 유의해야 한다.

　첫째, 피정의항은 정의항과 대등하여야 하며, 피정의항이 정의항의 부분이어서는 안 된다. 다시 말하자면 정의항의 범주가 피정의항의 범주보다 커서는 안 되며, 정의항의 범주가 피정의항의 범주보다 작아서도 안 된다. 예를 들어 우리가 '시조는 한국의 정형시를 말한다'라는 정의를 내렸다면 정의항의 범주를 너무 크게 잡은 결과가 된다.

정형시에는 시조뿐만이 아니라 향가 등도 포함되기 때문이다. 또 '탁자는 접시, 램프, 재떨이, 책, 골동품 등을 놓는 가구이다'라고 정의 내렸다면 여기서도 정의항의 범주는 너무 크게 잡혀진 셈이다. 왜냐하면 접시, 램프, 재떨이, 책, 골동품 등을 놓을 수 있는 가구는 비단 탁자뿐만이 아니라 찬장, 선반 등의 그 밖의 것들이 될 수 있기 때문이다.

둘째, 정의항이 피정의항을 단순히 되풀이하는 동어반복이어서는 안 된다. 피정의항의 술어나 관념이 정의항에서 되풀이되어서는 안 된다는 것을 뜻한다. 예를 들어 '예술가는 예술을 하는 사람이다'라는 정의를 내렸다고 하자. 여기에서 예술이라는 말은 여전히 또 한 번의 정의를 기다리는 피정의항으로 남게 된다. 논리학에서는 이런 경우를 순환정의의 오류하고 일컫는다.

셋째, 피정의항이 부정적이 아닌 한, 정의항도 부정적이어서는 안 된다. 이것의 예는 '수라는 보통 사람이 먹는 밥이 아니었다'라는 말을 누가 했다고 하자. 이 경우 정의항의 '먹는 밥이 아니었다'를 잘못 해석하면 '죽이었다'라는 해석이 내려질 우려도 있다. 결과적으로 피정의항은 다분히 부정확하게 정의될 위험성을 갖게 되는 셈이다.

2) 지 정

지정은, 사실을 확인하는 진술양식으로 가장 단순한 설명방식이다. 예를 들어 "그녀의 직업은 무엇이냐?"는 질문에 "그녀는 대학원생이다."와 같이 답하는 것, "P-세대에서 P의 의미는?"의 질문에 "P세대란 사회 전반에 걸친 참여 속에서 열정과 힘을 바탕으로 사회 패러

다인이 변화를 일으키는 세대라는 의미로 이때의 P는 참여(Partici
pation), 열정(Passion), 잠재력(Portential Power)을 의미한다"와
같이 설명하는 예들이다.

　　한용운은 승려요, 시인이요, 독립 운동가였다. 그의 아버지 한응준이
　　종5품의 충훈부 도사의 벼슬을 지낸 것으로 보아, 그의 가문은 조선 사
　　회의 전통적 기풍을 물려받고 있었음을 알 수 있다.

3) 인　용

　인용은 기존의 말이나 글을 빌려와 설명하는 방식이다. 이는 글의
공신력이나 신뢰를 높이기 위한 방법으로, 명언, 일화, 경험, 대화,
저서 등을 인용하는 경우이다. 그러나 너무 자주 인용하거나 자신의
논지와 잘 들어맞지 않는 인용을 하지 않도록 해야 하며, 자기 논의
를 위해 인용문의 전체 맥락을 무시하고 어느 부분만 무리하게 인용
해서도 안 된다.

　　수령옹주 묘지(墓地)는 중앙박물관 도록 134면에 나와 있다. 고려
　　1335년 충숙왕 복위 4년의 것으로 기록된 이 묘지의 화보는 희고 매끈
　　한 재질의 고급 종이로 묶인 도록 속에서 유독 거무튀튀하다. '고려시대
　　의 묘지는 판석에 글을 쓸 면을 잘 다듬고 그 위에 지문을 음각한 것이
　　전형적이었다'고 도록은 설명한다. 그러니까 세로 86.5센티 가로 61센
　　티의 검은색 지석(誌石)은 판석이란 소리다.
　　　　　　　　　　　　　　　　　－김인숙, 「조동옥, 파비안느」에서

4) 비교와 대조

　이는 설명하기 위한 대상을 이미 잘 알려진 사항과 견주어 비교하거나 대조하면서 글을 전개해 나가는 방식이다. 두 사물이 갖는 유사한 점이나 공통적인 면을 밝혀 설명하는 것을 비교라 하고, 차이점이나 구분되는 점을 들어 설명하는 것을 대조라 한다. 글 쓰는 이가 알고 있는 사실이나 읽는 이들이 알고 있을 만한 것들 가운데 비교와 대조가 가능한 부분을 대비시키며 글을 전개함으로써 보다 효율적인 설명을 할 수 있다. 가령, 동일한 소재를 다룬 영화 두 편에 대한 감상문을 쓰고자 할 때 그 소재의 공통점을 비교하는 한편, 기법과 시각에서 드러나는 대조적인 차이점을 설명한다면 각각의 영화를 보다 잘 이야기할 수 있다. '현대의 미의식'에 관해 글을 쓴다고 할 때에는 일반적인 미의식이 갖는 공통점을 비교하면서 아울러 시대의 흐름에 따라 변천하고 있는 미의식의 차이점을 대조시키며 설명하면 효과적이다.

　특히 어떤 대상이나 사실을 비교·대조의 방법으로 글을 쓸 때 반드시 거쳐야 하는 것들이 있다. 이것들을 정리하자면 다음과 같다.

  (1) 비교 또는 대조하고자 하는 사항의 기준을 설정한다. 즉 개념이나 본질, 종류, 특성, 기능 등을 동일한 기준에 의해 구분하여 본다.
  (2) 설정된 기준에 따라 두 사물의 속성을 요약 정리한다.
  (3) 요약 정리된 내용을 통해 그 유사성과 차이점을 확인한다.
  (4) 유사점과 차이점을 중심으로 두 사물을 설명한다.

5) 예 시

예시는 구체적인 사례를 통해 어떤 사실을 설명하는 방법이다. 설명하려는 대상이 추상적이거나 관념적일 경우, 적합한 예를 들어 설명하는 것은 한층 효과적이다. 이렇게 예시를 통해 설명하면 흥미롭기도 하지만 그 적용의 예를 보여 줄 수가 있다. 그러나 예시의 방법으로 설명하고자 할 때 유의해야 할 점들이 있다.

첫째, 설명하고자 하는 중심 생각이나 주제와 긴밀한 내용의 예를 들어야 한다. 이를테면 논지의 극히 일부분만을 드러내는 예나 흥미를 위주로 하여 논지와 동떨어진 예는 되도록 들지 않도록 해야 한다. 가능한 보편적인 예들 가운데에서 효과적인 예를 들어야 한다.

둘째, 예시의 방법은 추상적인 글을 구체화하는 흥미로운 전개방식이긴 하나, 그 예에 따라 글의 품격이 좌우될 수도 있으므로 사례의 수준과 내용에 유념해야 한다. 글의 종류나 분위기에 알맞은 적절한 예를 드는 것이 중요하다. 진지하고 논리적인 글에 가벼운 신변잡기의 예를 든다든지, 평이한 개인적인 글에 무겁고 딱딱한 예를 드는 것은 비합리적이다.

셋째, 지나치게 특수한 예를 들거나, 너무 많은 예를 들지 않도록 한다. 예시의 목적은 일반적이고 구체적인 설명을 하기 위한 것이므로 가능한 보편적이고 이해가 가능한 예를 드는 것이 좋다. 글의 효과를 위해 적절한 양의 예시를 드는 것 역시 중요하다.

좌우의 진동 속에서도 수많은 만화의 주인공들은 특정이 시대와 사회를 대표하는 아이콘이 되어왔다. 30년대 공황 시기의 미국에서 태어난 '슈퍼맨'은 기본적으로는 억눌린 일상생활 속에서 초능력의 해방을 꿈꾸

는 소시민의 욕망을 대변한다. 그러나 먼 외계(다양한 유럽 국가)로부
터 날아온 이주민으로 평소에는 어수룩한 기자이지만 사회와 국가가 위
기에 처할 때(공산주의나 나치와 같은 외부의 위협)는 용감하게 능력을
발휘하는 모습은 그 시대가 백인께 이민 남성들에게 요구하는 덕목을
그대로 보여주고 있다. 그 외에도 '타잔' '뽀빠이' '배트맨' 등 수많은 슈
퍼 히어로들이 공황의 시기에 태어나 억눌린 대중들의 심리적 탈출구가
되어주었는데, 이들은 2차 세계대전을 거치면서 국수주의적이고 평면적
인 인물로 굳어지며 그 생명력을 상실하고 만다. '스파이더맨' '헐크'와
같은 복잡한 심리적 문제를 안고 있는 차세대의 슈퍼 히어로들이 등장
한 것은 히피 세대가 나타난 60년대다.
　　　 ─이명석, 「홀로 놀고 빈정대며 웃고 실컷 울다가 멱을 딴다」에서

6) 분류와 분석

　분류가 여러 사물을 어떤 기준으로 묶거나 나누어 유형화하는 기술
방법이라면, 분석은 어떤 대상이나 관념을 이루고 있는 각 요소와 관
계를 밝혀 설명하려는 글이다. 분류는 대상이 되는 사물이나 개념을
일관된 기준이나 추출한 성격에 따라 정리하고 질서화함으로써 일목
요연하게 설명하려는 방식이다. 그리고 구분은 하나의 대상이나 개념
을 그 성분에 따라 나누어 가는 것이다. 곧 분류가 대상들을 그보다
높은 층위의 공통성에 따라 묶어 나가는 작업을 가리킨다면, 구분은
한 단계 낮은 층위의 공통성에 따라 대상을 나누어 가는 과정을 가리
킨다.
　분류와 구분에는 다음의 세 원칙이 준수되어야 한다.

(1) 분류와 구분의 기준과 원칙은 하나이고, 일관된 것이이야 한다.

(2) 하위 계층은 소속되는 상위 계층에 남김없이 포괄되는 것이어
야 한다.

(3) 첫 계층에서 적용된 구분·분류의 원칙은 후속 계층에까지 일
관되어야 한다.

분류의 예)

딜티(W.Dilthey)는 사람이 지닌 성격의 유형을 다음의 3가지로 나
누고 있다. 그것은 감능적(感能的) 인간과 명상적 인간, 그리고 영웅적
인간형이다. 첫째 유형은 매사를 감성적으로 처리하며, 충동적인 생활
을 영위하는 자들이다. 이들은 단체 생활이나 회의에서 분위기에 따라
협조적일 수가 있다. 둘째 유형은 앞서와는 달리 침착하며, 조용하게
당면 문제에 대처(對處)하는 명상적인 세계관을 가진 자들이다. 셋째
유형은 의지적인 영역이 우세하며 자신의 목적을 달성하기 위해서는 어
떠한 장애 요소나 저항도 단호히 극복해 내는 과격한 성격의 소유자를
말한다.

– 정길남의 「권위주의」에서

분석의 예)

칫솔 한 개를 베푸는 마음도 그 내심을 들추어 보면 실상 여러 가지
의 동기가 그 속에 도사리고 있음을 우리는 겪어서 압니다. 이를테면
그 대가를 다른 것으로 거두어들이기 위한 상략적(商略的)인 동기가 있
는가 하면, 비록 물질적인 형태의 보상을 목적으로 하지 는 않지만 수
혜자 측의 호의나 협조를 얻거나 그의 비판이나 저항을 둔화시키거나
극단적 인 경우는 그의 추종이나 굴종을 확보함으로써 자기의 신장을
도모하는 정략적(政略的)인 동기도 있으며, 또 시혜자라는 정신적 우월
감을 즐기려는 향락적(享樂的)인 동기도 없지 않습니다.

– 신영복의 『감옥으로부터의 사색』에서

제 **7** 장
논증하는 글쓰기

1. 논증적인 글이란
2. 명제란
3. 논거란
4. 추론
5. 범하기 쉬운 논리적 오류

1. 논증적인 글이란

1) 논증의 조건들

논증적인 글은 한 가지 사실에 대해 서로 다른 의견을 가진 사람들이 각자 자기주장을 전달하려는 데 글 쓰는 목표를 두고 있으며, 더 나아가 자신의 의견을 상대방으로 하여금 믿게 하기 위하여 증명하여 주는 글이다. 그러므로 논증은 어떤 사건 문제 의견 판단의 대립이 글 쓰는데 있어 기본 조건이 된다. 그러나 사건 문제 의견 판단에 대립이 있더라도, 그것이 반드시 논증이 되는 것은 아니다. 논증은 지식이나 지적인 판단이 필요한 경우에만 가능하기 때문이다. 따라서 구체적인 사건이나 문제에 있어, 판단이 아니라 사실 확인이 그 문제의 해결점이 될 때는 논증이 될 수 없다. 또한 독자에게 어떤 사실을 설명한다든지 설득을 하려면, 쓰는 글의 내용에 모호함이나 모순이 있어서는 안 된다.

먼저 논증하는 글을 쓰고자 할 때는 이치에 맞는 논리가 필요하다. 아직 명백하지 않은 사실이나 원칙을 분명하게 밝히려고 한다면, 그 진실 여부를 논리적으로 증명하여야 한다. 그리고 나가서, 독자로 하여금 증명한 바가 옳다고 믿게 하고 받아들여지게 하여야 한다. 이러한 기술 양식을 논증이라 하는데, 논증은 사실이나 사물의 옳고 그름을 이치에 맞도록 논술하여 증명하거나, 글 쓰는 이의 판단이 옳은 까닭을 밝히는 것을 말한다. 이 논증은 명제, 논거, 추론을 통하여 이루어진다.

또한 논증은 이해력에 호소하여 독자로 하여금 믿도록 하는데 그 목적이 있으므로, 반드시 논란거리를 대상으로 삼는다. 관념적인 것이든 또는 어느 행동양식에 관한 것이든 간에, 그것에 대하여 회의적이거나 반대의 입장에 있을 때, 논란거리가 된다. 그러나 이러한 조건이 갖추어졌다고 할지라고 의견 상치가 논증을 성립시키지 않는 경우가 있다. 그 하나로 누구나 받아들일 수 있는 확인 방법이 있을 때에는 논증이 성립되지 않는다. 가령 월드컵에서 어느 국가가 우승했던가 하는 문제를 놓고 옥신각신하고 있다고 하자. 이는 신문사 스포츠부나 대한축구협회 등에 확인하면 되는 것이다. 또한 두 사람이 앉아서 농구를 좋아하느니 축구를 좋아하느니 하고 있다면 이것은 취향에 관한 문제이므로 논증이 필요 없는 문제인 것이다.

2) 논증적인 글쓰기에 필요한 자세

(1) 자기 생각이 잘못된 것일 수도 있음을 인정해야 한다.
(2) 결론에 도달하는 과정을 되도록 지연하여 다른 가능성도 검토하고, 더 많은 논거를 확보해야 한다.

(3) 단정적 견해나 단순한 결론을 조심해야 한다.
(4) 타인의 주장에서 결론과 논리가 정당한가에 유념한다
(5) 감각적 편향의 충동을 억제해야 한다.
(6) 극단적 표현을 자제해야 한다. 즉 강한 표현의 유혹을 극복해야 한
다. 예를 들어 모든, 전부, 항상, 절대 등의 단어 사용을 말한다.
(7) 간결하고 건조한 문체로 써야 한다.

논증은 앞에서 설명한 바와 같이 이성에 호소하여 자신의 의견을 다른 사람에게 설득시키려는 글쓰기 전략이다. 따라서 논리적인 글쓰기는 논리적인 사고에서 비롯되는데, 논리적인 사고란 자신의 혼란을 극복하게 하는 것이다. 그리고 이를 위해서는 평소 논리적인 사고를 하는 훈련을 해야 할 것이다.

2. 명제란

1) 명제의 정의

논증하려는 핵심적인 사실이나 주장을 명제라고 한다. 글쓰기에 있어서 명제는 주제문이 되거나 때로는 전제나 결론이 되기도 한다. 명제의 예를 들면 다음과 같다. '영어 공용화를 해야 한다', '의원내각제를 도입해야 한다', '고속도로의 버스전용차선제를 평일까지 확대해야 한다', '버스 안에서 노약자에게 자리를 양보해야 한다' 이와 같은 문

장들은 자신의 입장을 분명하게 밝혀 주면서 글의 주제나 결론이 될 수 있으므로 논증문이다. 그러나 다음의 예를 보자. '대한민국은 민주 공화국이다.' '프로야구가 가장 재미있는 스포츠 경기이다.' 앞의 것은 '사실'이므로 명제가 될 수 없고, 뒤의 것은 '판단의 오류'가 표현되어 있으므로 명제가 될 수 없다. 이렇게 명제는 분명한 사실이나 터무니 없는 거짓이 아니라, 가치관의 차이, 미해결의 문제, 판단의 결과를 요구한다. 그리고 명제는 사실 그 자체가 아니라 사실에 대한 서로 다른 의견의 제시이므로, 이것을 드러내기 위해서는 분명한 의사, 정확한 용어, 주장을 뒷받침해 줄 수 있는 증명이 필요하다.

2) 명제의 종류와 요건

(1) **사실 명제**: 진실을 확인하는 명제로 분명한 사실을 토대로 그 사실에 대한 옳음 그름에 대한 판단을 필요로 한다. 예를 들어 '우리나라는 독립국가이다'라는 명제가 그렇다.

(2) **정책 명제**: 당위를 주장하는 명제로 사건이나, 문제가 왜 그렇게 되었는가 또는 그렇게 될 수밖에 없었는가의 당위성과 그러함의 적절함이나 부적절함을 따져서 옳고 그름을 밝히고 주장함으로써 상대방으로 하여금 믿게 하는 명제이다. '우리는 환경을 보호해야 한다'가 예가 될 수 있다.

(3) **가치 명제**: 가치 판단을 내리는 명제로 사건이나 문제에 대해 좋고 나쁨의 정도를 따져서 가치에 대한 판단을 제시하는 것을 말한다. 예를 들어 '충무공은 우리나라의 위대한 장군이다'라는 명제가 있을 수 있다.

3) 명제의 요건

논증을 위한 명제는 또한 다음과 같은 요건을 갖추어야 한다.

(1) 명제는 단일해야 한다. 즉 한 개의 중심점만 가지고 그것을 진술해야 한다는 것이다.

(2) 명제는 둘 혹은 그 이상의 주장이나 판단을 가져서는 안 된다. 이는 설혹 확장된 논증의 경우 명제가 복수로 주어졌을지라도 그 명제 각자는 단일해야 하며, 또 개별적으로 다루어져야 한다는 의미이다.

(3) 명제는 명료하고 공정하여 선입견이나 편견이 없어야 한다. 가령 '고래는 가장 영리한 물고기이다'라는 명제를 가지고 글을 쓴다면 논의는 고래의 영리함을 다루는데 초점을 두어야 한다. 그러나 그러한 논의를 펼치기에 앞서 이 명제에서 '고래가 물고기인가'라는 이의가 제기될 수 있으므로, 이 명제는 이미 단일한 것이 되지 못한다. 그러므로 이 명제는 적어도 '고래는 물 속에 사는 생물 가운데 가장 영리한 것이다'와 같이 고쳐야 단일하고 명료한 것이 될 수 있다.

모든 논증문의 명제는 단일한 하나의 표현만으로 이루어지는 것이 아니라, 주장하고자 하는 큰 생각과, 그 큰 생각을 이루는 단위, 그리고 그 단위를 구성하는 작은 단위로 이루어지게 된다. 여기에서 중심의 큰 생각을 중심 명제(종합적 명제), 작은 단위를 보조 명제(분석적 명제)라고 할 수 있다. 이때 보조 명제는 중심 명제에 종속되어야 하고 보조 명제는 또 다른 하위의 보조 명제를 가질 수 있다. 하위의 보조 명제들이 모여서 중심 명제를 이루고 보조 명제들이 모여서 중심 명제를 이룸으로써 중심 명제는 분명한 논증을 지닌 주장이 되는 것이다.

3. 논거란

명제가 사실임을 뒷받침해 주는 논리적 근거를 논거라고 한다. 논증에서 구체적이고 설득력 있는 논거를 확보하는 것은 매우 중요하다. 아무리 좋은 명제를 설정한다 하더라도 이를 입증할 만한 논거를 찾지 못한다면 그만큼 주장을 설득력 있게 펴 나갈 수 없기 때문이다.

논거에는 사실 논거와 소견 논거가 있다. 객관적으로 증명될 수 있는 구체적 사실들이나 일반적인 진리들을 사실 논거라고 하고, 신뢰성을 지닌 전문가나 권위 있는 사람의 견해에 의존하는 것을 소견 논거라고 한다. 그 종류를 구별해 보자면 다음과 같다.

1) 실험에 의한 것. 특별한 장치나 기구를 사용하여 나온 이론이나 자료에 의하여 증명하는 것을 말한다. '『해리포터』 시리즈는 한국에서 1,000만 부가 판매되었다'

2) 자연 법칙에 의한 것. 자연 법칙에 의해 명제에 대한 증명을 하는 것을 말한다. '일주일이 지났으면 우리는 그만큼 죽음에 가까워진 것이다'라는 식의 명제가 이에 해당된다.

3) 상식에 의한 것. 누구든지 알고 있을 만한 것. 역사적으로 일

반적으로 잘 알려져 있는 것을 말한다. '훈민정음은 조선시대 세종대왕이 만들었다'라는 명제가 그러하다.

4) 증언에 의한 것. 실제로 어떤 사람이 보거나 들은 내용, 또는 경험한 일들에 대하여 사실임을 밝히는 것인데, 전문가의 의견이나 권위 있는 사람의 판단이 그 예에 해당한다.

4. 추 론

어떤 명제를 증명할 충분한 논거가 잡혔다 해도, 그것의 정당성 여부를 밝혀 결론을 이끌어 내지 않으면 안 된다. 이렇게 어떤 전제에서 결론을 이끌어 내는 사고의 과정을 추론이라고 한다. 추론은 명제의 정당성을 밝히기 위해서는 감정이나 권위에 얽매이지 않고 생각을 명확하게 하고 일관성 있게 정리하여 바른 결론에 이르는 사고의 과정이며, 생각하는 일은 추론에 의지할 수밖에 없다. 이런 의미에서 추론은 논증의 핵심이 되며, 귀납적 추론과 연역적 추론, 유추가 있다.

1) 귀납법

귀납법은 개별적인 특수한 사실·원리를 전제로 하여 일반적 사실이나 원리를 이끌어 내는 방법이다. 특정한 종류의 개별적인 사례에서 시작하여 같은 종류의 나머지 사례도 같은 것이 되리라는 일시적

결론에 이르게 되는 일반화와 개별적 사례들로 서로의 유사성을 추정하는 유추가 있다. 이 둘은 상보적 역할을 하면서 사고의 폭을 넓히고 깊이를 더하는 데에 중요한 역할을 해 오고 있다.

　　예) 지렁이는 죽는다. / 소는 죽는다. / 사람은 죽는다.
　　　　→ 지렁이는 동물이다 / 소는 동물이다. / 사람은 동물이다.
　　　　→ 따라서 모든 동물은 죽는다.

　　예) 대부분의 독재자들은 국민들에 의해 쫓겨났다.
　　　　→ 그 사람은 독재자이다.
　　　　→ 따라서 그는 국민들에게 쫓겨날 것이다.

　　그러나 다음의 예는 잘못된 경우이다.
　　"철수네 식구는 모두 부지런하다. 영희네 식구는 모두 부지런하다. 갑돌이네 식구는 모두 부지런하다. 명철이네 식구는 모두 부지런하다. …… 그들은 모두 우리 동네에 산다. 그러므로 우리 동네 사람들은 부지런하다."
　　왜 이 예가 그릇된 것이냐면, 귀납법은 예외가 있으면 타당성을 잃기 때문이다. 위의 결론은 예외가 발생할 가능성이 높기 때문에 바람직한 논증이라고 할 수 없다. 귀납법에서 주의할 점은 필요한 모든 사례가 면밀하게 검토되어야 한다는 점이며, 몇몇 가족이 부지런하다고 해서 그 동네 모든 사람들이 부지런하다고 판단하기는 어렵기 때문이다.
　　이렇게 귀납적 추론에서 진실하지 못하거나 일방적으로 선택된 자료로부터 추리를 한다면 논리적 오류가 발생할 수 있다. 이런 오류를

피하기 위해서는

   (1) 충분하고도 필요한 만큼 많은 사례가 검토되어야 한다.
   (2) 검토된 사례는 그 부류 가운데 가장 전형적이어야 한다.
   (3) 부정적인 사례가 있을 때에는 반드시 해명해야 한다.

2) 연역법

연역법은 이미 알고 있는 일반적인 사실이나 원리를 전제로 하여 특수한 개체에 대한 명제를 이끌어 내는 논증 방식이다. 귀납적 추리가 고작 개연성을 보일 수 있을 뿐인 데 반해서 이 연역적 추리는 확실성을 보일 수 있는 장점이 있다. 연역적 추론의 가장 전형적인 경우는 3단 논법이다. 즉 대전제, 소전제, 결론의 과정을 거치는 논법이 가장 전형적인 연역 추리라는 말이다.

  예) 예술은 기술을 필요로 한다. - 대전제
     사랑은 예술이다. - 소전제
     그러므로 사랑은 기술을 필요로 한다. - 결론

논증에서 중요한 것이 대전제와 소전제에 모순이 없는가를 확인하는 일이다.
'연역법'이 잘못 적용된 예를 보자면 다음과 같다.

모든 물고기는		물에서 산다.	〔대전제〕
A	=	B	
물개도		물에서 산다.	〔소전제〕
C	=	B	
그러므로 물개는		물고기의 일종이다.	〔결론〕
C	=	A	

위의 대전제에서 A와 B가 서로 의미의 범위가 같다면 문제가 없지만, A가 B에 포함되기 때문에 먼저 C가 A에 포함되어야만 위의 논증은 타당성을 얻는다.

3) 유 추

구체적인 사례들이 지닌 몇 가지 유사점(공통점)을 근거로 다른 유사점이 있다고 판단하는 논증의 방법을 유추라고 한다. 따라서 기본적으로 유추를 통해 얻은 결론은 가설의 성격을 지닌다. 흔히 비교되는 인생과 마라톤의 예를 유추의 논리로 풀어 보자면 다음처럼 풀 수 있겠다.

마라톤	인 생
둘 다 매우 힘들다. 여러 난관들을 극복해야 한다.	
짧은 순간에 이루어지는 것이 아니라 긴 시간에 걸친 과정이다	
후반부에 가면 매우 결정적인 시기가 온다.	그러므로 인생에도 결정적 시기가 있다.

유추는 이렇게 한쪽이 사실을 바탕으로 다른 쪽이 속성을 미루어 짐작하는 증명법으로 귀납법이나 연역법보다는 논리성이 부족한 것이 사실이다.

5. 범하기 쉬운 논리적 오류

(1) 성급한 일반화: 귀납적 추론에서 자주 발생하는 오류로 충분치 못한 개별적 사례에 의해 오류.

(2) 모호한 개념의 사용

(3) 자료의 잘못된 해석: 통계자료를 잘못 해석하여 생기는 오류.

(4) 순환논증의 오류: 결국 대전제와 같은 결론에 도달하는 오류.

(5) 단순화의 오류: 복잡한 문제를 논리적으로 해결하기 위해서는 어느 정도의 단순화는 필연적이지만 지나친 단순화는 잘못된 결론에 이르는 오류.

(6) 양자택일을 강요하는 흑백논리의 오류

(7) 잘못된 비유에 의한 오류

(8) 하나의 결론밖에 못 취하게 미리 못 박아 두고 억지 논리를 전개시키는 오류

(9) 논점 일탈의 오류

(10) 문맥 간의 차이에 의한 오류: 이를테면 '귀한 것은 비싸다. 10원도 귀하다. 그러므로 10원짜리 공책은 비싸다'라는 논리는 '귀하다'라는 형용사가 문맥 간에 다르게 쓰였음을 간과하였기에 나타나는 오류이다.

제 8 장
묘사하는 글쓰기

1. 묘사하는 글쓰기란
2. 대상에 따른 묘사적인 글쓰기의 두 가지 방식
3. 내용에 따른 묘사적인 글쓰기의 방식
4. 묘사의 관점
5. 효과적인 묘사 방법

1. 묘사하는 글쓰기란

1) 묘사의 기능과 양식

사물이나 상황, 대상으로부터 받은 인상이나 느낌 등을 감각적으로 재현하는 글쓰기 방식을 말한다. 즉 설명이 대상에 대한 객관적 이해나 지식의 전달을 목적으로 하여 쓰인 글인 데 반해, 묘사는 대상으로부터 받은 인상과 느낌을 읽는 이에게 생생하게 전달함으로써 가능한 한 자신과 동일한 체험을 가질 수 있도록 유도하기 위해 쓰여 진다.

묘사는 대상의 감각적 인상에 초점을 맞춰 그리는 것이다. 묘사는 서사에서처럼 사건이나 상황의 변화 과정을 그리는 것이 아니라 대상의 감각적 인상에 초점을 맞춰 그리는 것으로서, 이를 직접적으로 서술하는 것이 아니라 간접적으로 그려 보여 주어야 한다. 따라서 묘사에 있어서는 읽는 이로 하여금 대상에 대한 어떤 인상이나 체험을 구체적이고도 생생하게 떠올릴 수 있게 하는 것이 중요하다. 대상에서 환기된 심리적 정서나 정신적 심상은 추상적인 관념으로서가 아니라 하나의 그림처럼 감각적이고도 구체적으로 재현되어야 하는 것이다. 대상의 형태, 색채, 촉감, 향기, 소리, 맛 등 제반 감각 작용의 활용, 구체적인 상황의 제시, 참신하고 생동감 있는 언어 등은 효과적인 묘사를 위해 유념해야 할 중요한 요소들이다.

그리고 묘사는 마치 그림 그리기와 같은 글쓰기 양식이다. 그림은 대상을 사실 그대로 정확하게, 그리고 대상의 전체를 모두 담아내는 사진과는 다르다. 그림은 대상 자체를 담아낸다기보다 대상에 대한 화가의 느낌이나 해석을 담아낸다. 그림의 전후좌우, 크기나 명암의 정도, 배치 방식 등은 모두 이를 효과적으로 드러내기 위해 유기적으로 연관되어 있다. 묘사문을 쓰는 것도 이와 흡사하다. 지배적인 하나의 인상을 중심으로 대상의 전체와 부분, 부분과 부분들이 유기적으로 연결됨으로써 전체적인 통일감을 줄 수 있어야만 하는 것이다.

2) 묘사하는 글쓰기의 실례

    (1) 빗방울이 유리창에 부딪친다.
    (2) 벌써 유리창에 날벌레 떼처럼 매달리고 미끄러지고 엉키고 또그르르 둥글고 흠이 지고 한다.

- 정지용, 「비」에서

(1)과 (2)는 동일한 사물에 대한 객관적인 기술인데, (2)가 풍기는 느낌은 (2)과는 사뭇 다르다. (1)은 '비가 유리창에 부딪친다'는 사실의 정보를 전해 주는 외에 별다른 감흥을 일으키지 않는지만 (2)

는 그러한 정보 전달보다는 그 광경을 바라보는 데서 일어날 수 있는
아름다운 징서를 최대한도로 불러일으키는 효과를 내고 있다. 묘사법
이란 (2)의 경우처럼 독자에게 어떤 감흥을 유발할 수 있도록 하는
것이다.

2. 대상에 따른 묘사적인 글쓰기의
두 가지 방식

1) 인물 묘사는 인물의 특징을 표현하는 것으로, 나이, 키, 얼굴,
체형, 목소리, 습관, 행동 등으로 나타나는 특징을 묘사한다.

언젠가 '가물치'라는 선배가 나를 찾아온 일이 있었습니다. 형도 그
선배를 기억하겠지요? 무척 오랜만이었습니다. 졸업하고 언젠가 한번
본 적이 있었는데, 그때도 졸업한 지 꽤 오래된 때였을 겁니다. 그 선
배 하면 형도 떠오르는 것이 있겠지요. 구부정하게 등을 구부리고 땅만
보며 걷던 걸음걸이, 항상 가래가 낀 듯해서 듣는 쪽이 불편하던 그 목
소리, 말이 막힐 때는 정수리를 박박 긁곤 해서 사람들을 웃기던 일,
그러나 그보다 먼저 떠오르는 것은 언제라도 기름을 뒤집어쓰고 거리로
달려나가 불을 댕길 것 같던 그 요란하던 기세가 아니겠습니까.

- 전수찬의 「포항」에서

2) 상황 묘사는 어떤 사물이나 장소에 관한 특징을 표현한다. 따
라서 평범한 것보다는 확실하고 특색 있는 것을 대상으로 해야 하고,

너무 길고 자세하게 할 필요 없이 필요한 것만 간략하게 묘사한다.

3. 내용에 따른 묘사적인 글쓰기의 방식

묘사는 글 쓰는 동기와 목적에 따라 설명적 묘사와 암시적 묘사로 나뉜다. 전자의 경우는 대상에 대해 정확한 정보를 제공하는 데에 그 목적이 있는 경우이고 후자는 대상에서 받은 인상이나 느낌을 가능한 생생하게 전달하는 데에 초점이 있는 경우이다. 전자의 경우가 전달 동기에 의해 쓰여진 것이라면 후자는 표현 동기에 의해 쓰여진 것이라 할 수 있는데, 따라서 전자의 경우에는 과학적이고 객관적인 글쓰기가, 후자의 경우에는 읽는 이의 상상력을 자극하여 심미적 즐거움과 감동을 줄 수 있는 글쓰기 방식이 요구된다.

이 같은 글쓰기 방식의 대조적 태도는 과학자와 예술가 사이의 그 것이라 할 수 있다. 과학자의 글이 객관적 사실에 대한 정보나 사물에 대한 이해에 초점을 맞춘 것인데 반해, 예술가의 글쓰기는 대상에 대한 자신의 느낌이나 생각을 생생하게 전달함으로써 그것을 읽는 이와 나누고자 하는 욕망에서 출발하는 것이다. 과학적 묘사는 엄밀한 의미에서 설명의 한 방법이라 할 수 있으며, 일반적인 의미에서의 묘사란 대개가 후자의 경우를 가리킨다.

설명적 묘사는 주로 정보 전달에 목적이 있는 글에서, 그리고 암시적 묘사는 주로 예술적 심상을 중시하는 문예문에서 흔히 사용되기는 하지만 이것이 엄밀하게 구분되어 사용되는 것은 아니다. 글을 쓰는 목적과 동기에 따라 혹은 동일한 글 속에서도 문장의 흐름이나 대목의 성격에 따라 이러한 서로 다른 묘사의 방법들이 적절하게 섞여 사용될 수 있다. 따라서 어떤 대상을 소재로 묘사문을 쓰고자 할 때는 그것이 객관적인 외부 사실의 묘사에 초점이 맞춰져야 효과적인지 혹은 암시적으로 전체적인 분위기나 느낌을 전달하는 데 초점이 맞추어져야 할지를 우선 고려해야 한다.

1) 풍력기기 앞으로는 밀밭과 옥수수밭, 그 다음엔 말과 양과 오리, 염소들을 키우는 목장들과 이러저런 소규모 공장들, 중고 자동차 매매소 같은 것과 묘지가 있다. 그 안쪽으로는 주택가와 학교와 마트들과 동사무소, 마을회관 같은 곳과 병원이 배치되어 있고 마을의 중심 거리엔 성당과 약국과 은행과 빵가게들과 서점과 부동산중개소와 리빙 인테리어 가게들, 전자제품가게와 옷가게, 맥줏집과 레스토랑 등이 있다. 마을 한가운데 포석을 깐 작은 광장엔 문화재로 지정된 오래된 삼층집이 있고 그 곁엔 테이블들을 내놓은 조그만 카페와 호텔이 있다. 도시로 나갈 수 있는 버스들도 한 시간마다 그 거리의 정류장들을 지나간다.

　　　　　　　　　　　　　- 전경린의 「천사는 여기 머문다 2」에서

2) 대문은 고양이가 겨우 드나들 만큼 갸웃이 열려 있었다. 찬영이 슬그머니 손바닥으로 밀자 돌쩌귀의 축축한 마찰음이 들려왔다. 안채 대청마루 앞까지 띄엄띄엄 박아놓은 화강암 디딤돌에 개구리들이 앉아 있다 풀섶으로 튀어 달아났다. 연못 옆에 있는 석등의 불은 꺼져 있다. 아마 오래 전부터 꺼져 있었으리라. 집 뒤란 대나무숲에서 내려온 바람이 찬영의 목덜미를 서늘하게 훑고 담 밖으로 빠져나갔다. 부엌에서 흘러나오는 빛을 보고 찬영은 그쪽으로 먼저 발을 옮겼다. 십 년 전만 해도 행랑채에 귀머거리 부부가 아이 없이 살

며 집안일을 거두는 눈치였는데, 오 년 전에 내려왔을 땐 어디로
갔는지 보이지 않았다. 어느덧 일흔이 넘은 백부 내외가 지키고 살
기엔 집이 너무 낡고 컸다.

－윤대녕의 「편백나무숲 쪽으로」에서

3) 코울타르를 입힌, 거의 평면으로 보이는 지붕 위로 검정고양이가 스
   멀스멀 걸어다니고 있다. 때때로 이른 아침 안개가 채 걷히지 않은
   지붕 위로, 또는 오후 비듬처럼 떨어져 내리는 햇빛을 받으며 움직
   이는 고양이의 모습이 마치 환각인양 보이곤 했다. 그때마다 나는
   문득 가슴이 막히는 듯한 답답함에 아하하고 한숨을 쉬곤 했다.

－오정희의 『불의 강』에서

위의 예문들은 모두 소설 작품 속에 나타나는 묘사문이다. 1)의
경우는 독일 서부의 한 작은 마을의 모습을 카메라로 찍은 듯이 세
세하게 보여 주기 위한 묘사문으로, 마을의 전체적 구성과 풍경들이
속속들이 나열되듯이 기술되고 있다. 여기에는 글을 쓰는 이의 주관
적 감정이나 생각이 전혀 드러나지 않는다. 2)는 오랜만에 귀향하여
주인공이 어린 시절을 지낸 백부 집에 들어서는 모습을 묘사하고 있
는 글로서, 낡고 오래된 집의 모습과 주인공의 심정을 사실과 감회
가 맞물린 상태로 재현하고 있다. 반면에 3)는 사실적인 광경의 묘
사라기보다는 그 광경에서 받은 인상과 감정적 울림이 암시적으로
그려지고 있다. 무언가 딱히 이름 붙일 수 없는 주인공의 막연한 불
안함과 불길함 그리고 답답함의 전달에 묘사의 초점이 있는 것이다.

4. 묘사의 관점

묘사하는 글을 읽을 때 독자는 자연스럽게 필자의 시점(視點)을 의식하게 된다. 시점이란, 필자가 묘사를 할 때 어떤 위치, 어떤 각도에서 대상을 바라보았는가 하는 것을 말하는데, 이것은 영화나 드라마 촬영에 있어서의 카메라 앵글과 같다. 관점은 일반적으로 두 가지로 분류된다.

1) 고정 관점

먼저 고정 관점은 묘사를 할 때 대상을 관찰하는 눈을 이동시키지 않고 일정한 위치와 각도를 유지하는 것을 말한다. 이 때 묘사의 대상은 단일한 것이라야 한다.

> 홀은 지방에서 올라온 하주들로 북적거리고, 까칠한 얼굴의 사내들이 내뱉는 말들이 막걸리 사발을 채운다. 난로 위에 올려놓은 들통 속에서 소뼈가 물러가고, 탁자 밑으로 빈 술병의 수가 늘어간다. 막걸리 사발에 담배꽁초를 비벼끄거나 홀 바닥에 침을 내뱉으며 성미가 급한 사내들이 주인여자를 몰아친다.
>
> ― 이명랑의 「하현」에서

위 글은 필자의 눈길이 미치는 범위 안에 있는 식당 홀의 풍경을 묘사하고 있다. 마치 드라마의 카메라 앵글처럼 오랫동안 공간을 비치면서 사람들의 표정과 난로 위와 탁자 밑을 찬찬히 살핀다. 전체적인 화면의 전환이나 움직임 없이 다만 눈길만 돌려 가면서 묘사를 하고 있다. 그리고 사실감 있는 묘사가 글의 초점을 더해 주고 있다.

2) 동작 관점

두 번째 동작 관점은 어느 부분에서 다른 부분으로 시점을 이동시켜 가며 관찰하는 것을 말한다.

갑자기 홀가분해진 나는 슬리퍼를 끌고 밖으로 나왔다. 아파트 앞 화단에는 봄꽃이 흐드러지게 피었고 하늘은 더없이 맑았다. 젊은 여자 두엇이 유모차를 밀려 느릿느릿 중앙광장을 지나갔다. 아파트 입구에 멈춰 선 통학버스에서 유치원생들이 쏟아져 나왔다. 햇볕에 달구어진 아이들의 볼이 홍옥처럼 붉었다. 중앙광장을 지나 산책로를 한 바퀴 돌고 올 작정이었다. 아파트 담을 따라 둥글게 조성된 산책로에는 나무들이 빼곡하게 우거져 볕이 뜨거운 한낮에도 바람이 시원했다. 중앙광장을 거지반 지나왔을 때였다. 수거함 옆에 놓인 대형 쓰레기가 눈길을 끌었다.
— 이현수의 「장미나무 식기장」에서

위 글에서는 주인공이 아파트를 나와 중앙 광장을 지나면서 보게 되는 풍경들을 묘사하고 있다. 아파트 앞 화단과 아파트 입구, 아파트 담을 따라 난 산책로 등을 그리고 있는데, 이렇게 관점이 이동되는 데도 묘사에 중점이 놓였기 때문에 묘사법이 된다. 만일 그 이동 사실 자체에 중점이 놓이면 묘사문이라 할 수가 없고, 다음 시간에 배우게 될 서사문에 속할 것이다.

5. 효과적인 묘사 방법

1) 새로운 시점

묘사하는 글을 효과적으로 쓰려면 먼저 사물이나 세계를 바라보는 진지하고 열의 있는 자세와 사색이 필요하다. 묘사적인 글쓰기는 단순히 언어적 표현 능력이나 기술(記述) 기법상의 문제만이 아니라, 대상에 대한 관심과 탐구적 자세가 전제되어야 하기 때문이다. 그리고 대상을 바라보는 시선의 깊이나 인식의 폭에 의해서도 묘사의 정도나 방식은 달라진다. 뿐만 아니라 동일한 대상을 묘사하더라도 묘사의 동기나 목적에 따라서, 혹은 대상을 바라보는 시점에 따라서 묘사문은 다양하게 드러날 수 있다.

> 아삭아삭 빛이 부서지는 소리
> 송충이가 솔잎을 갉아먹는다
> 나뭇가지인 줄 알고 송진이
> 송충이 혈관을 지나간다
> 부서진 빛이 송충이 내장 속에서
> 퍼진다 꿈틀거리며 간다
>
> — 김기택의 「송충이」에서

이 시는 송충이가 솔잎을 갉아 먹으면서 송진을 빨아 먹게 되는 광경을 묘사하고 있는데, 송충이가 솔잎을 갉아 먹고 있다기보다 마치 송진이 나뭇가지인 줄 알고 송충이의 혈관 속으로 들어가고 있는 것으로 묘사되고 있어 특이하다. 이때 송진은 소나무의 생명의 '빛'으로 비유되고 있고, 따라서 송충이가 솔잎을 갉아 먹고 있는 행위는 단순한 자연 현상의 하나로 그려지는 것이 아니라, 생명의 기운을 몸 속 깊숙이 받아들이는 황홀한 생명 현장으로 묘사된다. 사실 이와 같은 의미 작용은 아름다운 언어사용이나 표현기법에 의해서라기보다 사물을 바라보는 시선의 깊이에 의해 이루어진다. 송충이가 솔잎을 갉아 먹는 광경에서 강한 생명성을 읽어 낼 수 있는 것은 결국 대상에 대한 시인의 깊은 성찰과 탐색에 의해 가능한 것이기 때문이다. 이런 점에서 본다면 묘사는 사실 표현상의 문제라기보다는 인식상의 문제라 할 수 있다. 따라서 효과적인 묘사문을 쓰기 위해서는 무엇보다도 사물이나 세계를 바라보는 진지하고 열의 있는 자세와 사색이 선행되어야 하는 것이다.

2) 글의 목적과 성격에 따른 적절한 방식

두 번째로는 글의 목적과 성격에 따른 적절한 방식 선택이 중요하다.

야산을 뒤에 두고 마을은 길게 뻗어 있는데 크고 작은 농가들이 드문드문 늘어서 있다. 양일 마을은 제법 큰 마을이지만 넓은 구역에 비해 주민 그다지 많지 않았다. 마을 앞에는 드넓은 개간지가 바다까지 펼쳐져 있다. 바다와 개간지 사이에는 염전 몇 군데가 잇는데 마을에서는 염전의 작은 창고들만이 겨우 보일 뿐이었다. 겨우 차 한 대가 지나갈 정도로 좁은 마을 앞길에는 지금 행인이 한 사람도 보이지 않았다. 한낮에도 이 길은 언제나 이렇게 조용하고 한적했다. 개간지 너머 바다는 마을에서는 전혀 볼 수가 없었다. 다만 바다 가운데 띄엄띄엄 떠 있는 작은 섬들의 모습이 희미하게 보일 뿐이었다.

─송영의 「염산의 은빛 종탑」에서

창밖으로 환한 빛이 내리고 있다. 산과 나무와 같은 밤새 내린 폭설로 하얗게 뒤덮였다. 지리 환하고 명징한 세상에서는 어떤 어두운 정념도 발붙이지 못할 것 같다. 언덕 너머 히얀 배경으로 깜만 점이 하나 떠오른다. 그 점은 점점 커지더니 사람의 형상으로 바뀌었다. 걸어오는 사내의 뒤편으로 발자국이 길게 따라오고 있었다. 눈밭에 반산없는 머리를 끝까지 숙여, 흐르는 것의 뼈만을 챙겨서 흐르고 있다.

- 김훈의 「가을의 빛」에서

위의 예문들은 모두 기행문의 형식을 취하고 있는 글이다. 그러나 앞의 것이 비교적 객관적으로 마을 풍경을 묘사하고 있다면, 뒤의 것은 외부 풍경에 대한 객관적인 묘사라기보다는 그것에서 떠오른 느낌과 사색의 내용들의 전달에 초점이 맞춰져 있다. 같은 글이라 하더라도 그 글의 목적이나 성격에 따라 묘사의 방식도 달라짐을 알 수 있다.

3) 묘사의 목적과 동기의 파악

어떤 대상을 효과적으로 묘사하기 위해서는 몇 가지 점들이 고려되어야 한다. 우선 묘사하고자 하는 목적이나 동기가 무엇인가 하는 점을 정확하게 파악하여 이에 맞는 묘사법을 사용해야 한다는 점이다. 앞서 말한 대로 정보를 제공하는 데 목적이 있는 것인가 아니면 자신의 느낌이나 인상을 전달하는 데 있는 것인가에 따라 글쓰는 방식이 달라지기 때문이다. 가령 자신의 고향이나 유년시절을 묘사하는 글일 때에도 그것이 사실적 정보를 주기 위한 것인가 혹은 느낌을 전달하기 위한 것인가에 따라 글쓰기의 방식은 완전히 달라질 것이기 때문이다.

(1) 나는 전남 장흥군 대덕면 진목리에서 태어났다. 이곳은 광주에서 2
    백 리 장흥읍을 지나서 대덕읍까지 90리를 더 간 뒤 다시 택시로
    6㎞ 정도 더 들어가야 하는 곳이다. 마을 길목까지 다니는 버스가
    있긴 하지만 하루에 7, 8회밖에 다니질 않기 때문에, 그 시간을
    놓치면 몇 시간을 기다려야만 한다. 서울에서 출발하면 6시간 이
    상이 걸린다.

(2) 저의 고향은 가야산 기슭에 있는 고령군 운수면 화암리라는 마을입
    니다. 우리말로 옮기자면 '꽃바위 마을'이 되겠습니다만 무슨 까닭
    인지 '꽃질 마을'을 '꽃'이라는 여성적 이미지에 '질'이라는 극히 은
    밀한 여성적 이미지가 더해진 안온하고 부드러운 어떤 것으로 돌
    아보곤 했지요. 6살이 되자 저는 가야산의 신록과 햇빛 풍요로운
    들판, 그리고 민들레 꽃씨가 떠다니는 하늘을 떠나 전쟁 직후의
    도시로 나오게 되었습니다. 저희 식구들은 대구 대명동의 난민촌에
    살았습니다. 제가 다니던 학교의 반은 군대 막사로 쓰이고 있었고
    아이들은 피 묻은 철모를 뒤집어쓰고 전쟁 놀이를 하고 있었습니
    다. 저는 저물녘이면 바로크 건물과 쥐가 썩어가는 시궁창, 찢겨진
    비닐이 뒹구는 거리의 폐허를 지나 집 근처의 두류산 꼭대기에 올
    라가곤 했습니다. 거기엔 멀리 가야산의 산자락이 보였습니다. 거
    기 아스한 황혼 저편에는 파란 불빛이 빛나고 있었습니다. 그럴
    때면 유난히 바람이 스산하게 느껴졌고 저는 끊임없이 그 고향의
    파란 불빛으로 돌아가고 싶어 했습니다.

　(1)은 자신의 고향에 대한 사실적이고 객관적인 정보 제공에 그
목적이 있는 글이다. 따라서 글 쓰는 이의 느낌이나 감정이 끼어들지
않으며 객관적으로 고향에 대해서 설명해 주는 입장을 취하고 있다.
그러나 (2)의 경우에는 고향과 그곳에서의 일들에 대한 사실적 설명
이 아니라 그곳이 화자에게 남긴 인상과 분위기, 느낌 등에 초점이

맞춰져 있다. 전쟁 직후의 가난하고 쓸쓸했던 풍경과 이 때문에 더욱 그리워지던 산과 햇빛, 들판에의 그리움 등이 읽는 이의 가슴속에도 아스라한 향수를 불러일으키고 있는 것이다.

4) 일관된 입장과 태도

이처럼 객관적인 묘사가 요구되는 경우에는 대상의 세부적 사항들에 대한 정확하고 자세한 정보의 제시가, 그리고 감정이나 느낌의 전달을 목적으로 할 때에는 화자의 의식 속에 용해되어 있는 심상들을 상징적으로 그려 냄으로써 읽는 이의 상상력을 자극하는 것이 중요하다. 그런데 이와 같은 묘사는 사실상 대상에 대한 지식이나 관심의 정도, 그것과 관계된 경험 내용, 시각 등에 깊이 좌우된다. 따라서 글쓰기에 앞서 대상에 대한 자신의 입장이나 태도를 점검하고 그것을 일관되게 유지하는 것이 필요하다. 그것이 묘사에 있어서의 시점의 중요성인데, 여기에는 우선 글 쓰는 이가 어떤 상황 즉 어떤 시간과 공간에 서 있는가 하는 점이 고려되어야 한다. 동일한 대상이라 하더라도 그것을 앞이나 뒤, 혹은 옆에서 바라볼 때 그 모습은 달라지며, 또 새벽안개 속에서 바라볼 때와 석양이 물들어 가는 저녁에 바라볼 때 묘사의 양상은 달라지기 때문이다. 또한 이러한 시, 공간적 시점은 관찰자가 자신의 위치를 동일한 위치에 고정시킨 채 이루어지는 경우와 위치를 바꾸어 가면서 묘사하는 이동 시점으로 나뉘어진다. 다음의 글은 글 쓰는 이가 한 공간에 고정되어 있는 것이 아니라 위치를 이동시켜 가면서 그때 그때 눈에 들어오는 것을 묘사하고 있는 경우이다.

조반을 마치고 구보 씨는 집을 나섰다. 늦가을의 아침이었다. 이 언저리는 한식 가옥들만 들어차 있다. 집장수가 한꺼번에 지어 놓은 모양이었다. 꼭같은 모양의 대문이 양쪽으로 늘어선 사이를 구보 씨는 걸어갔다. 집들은 물론 전쟁 후에 지은 것이겠지만 알맞게 낡아 있어서 그들이 차지하고 있는 땅과 공기와의 사이에 어떤 원근법을 다듬어 가고 있었다. (……) 지금 구보 씨가 걸어가는 발짝 앞으로 흰 칼라에 곤색 아래 위를 입은 어느 여우의 딸일 성싶은 얼굴을 한 상냥한 암여우가, 가방을 들고 새초롬히 걸어가고 있었다. 오른쪽 대문 앞에서는 곰 한 마리가 굴을 나서면서 새끼곰을 얼러 보고 있었다. 구보 씨는 가장 싱싱한 낯빛을 지닌 채 이러한 모든 것을 바라보면서 걸어갔다.

— 최인훈의 「소설가 구보씨의 일일」에서

5) 정신적, 심리적 태도

한편 시·공간적 위치뿐 아니라 정신적, 심리적 태도에 의해서도 묘사의 방식은 달라진다. 가령 어머니에 대한 글을 쓴다고 할 때에도 그것이 현재 어머니와 함께 살고 있는 사람에 의해 쓰여진 경우와 멀리 떨어져 있거나 돌아가신 경우의 글, 혹은 어머니로부터 버려진 아이의 글은 사뭇 달라질 것이며, 또 비 내리는 봄날의 풍경을 묘사하더라도 그것을 바라보고 있는 이의 심정에 따라 생명이 움트는 밝은 기운으로 혹은 우울하고 쓸쓸한 풍경으로 그려질 수도 있는 것이다. 이처럼 글의 동기와 시점이 정해지면 묘사하고자 하는 대상의 전체적인 인상이나 초점이 될 특성을 잡아내는 것이 필요하다. 묘사문은 사진처럼 대상을 그대로 복사해 내는 것이 아니라, 각각의 부분들이 어우러져서 만들어 내는 독특한 인상이나 특징을 그려 내는 것이다. 즉 대상의 지배적인 인상을 중심으로 해서 세부적인 사항들의 내적 관계를 일관성 있게 드러내야 하는 것인데, 이를 위해서는 중요한 것과 중요하지 않은 것, 세밀하게 강조해서 묘사해야 할 것과 생략될 수 있는 것들의 선택, 판단이 전제되어야 한다. 묘사하는 세부적 사항들은 전체와의 긴밀한 연관성을 가질 때 비로소 그 효과를 가져올 수 있다.

6) 초점과 인상에 대한 고려

(1) 나의 아버지는 키가 크고 다소 마른 편이다. 크게 쌍꺼풀진 눈에 도수 높은 안경을 쓰고 있다. 아버지의 입술은 약간 도톰하며 손발이 유난히 크다. 그의 앞니는 약간 벌어져 있는데 웃을 때면 벌어난 이가 보여서 좋지 않다고 어머니의 핀잔을 듣곤 한다. 그는 갈색 곱슬머리를 가졌는데 요즈음엔 흰 머리가 많아 염색을 할까 생각 중이시다. 나의 아버지는 재미있는 분이다.

(2) 나의 아버지처럼 겉과 속이 다른 사람도 드물 것이다. 아버지의 얼굴은 거칠거칠하며 덥수룩하게 털이 나 있다. 그의 살결은 가죽 같고 주름살이 많다. 코와 뺨 주위에는 커다란 땀구멍이 있다. 그는 코를 젊은 시절에 두 번이나 다친 적이 있어서 그의 얼굴은 많은 게임에서 진 권투선수처럼 보인다. 턱은 단단하고 모가 나 있다. 면도를 하거나 말거나 아버지의 얼굴은 험상궂기 그지없다. 그러나 아버지는 너무나 여리고 부드러운 마음을 지닌 분이다. 그의 매력은 험상궂게 보이는 거친 살밑에 숨어 있는 이 여린 마음에 있다.

두 예문은 모두 아버지에 대한 묘사문이다. 그러나 (1)의 경우 묘사를 위해 동원된 세부 목록들이 전혀 일관성이 없이 나열되고 있어,

전체적으로 통일된 인상을 잡아내기가 힘들다. 반면에 (2)의 경우 거친 살결이며 수염, 단단하고 모난 턱 등의 세부 묘사들은 험상궂게 보이는 아버지의 외양과 그와는 다른 아버지의 여린 마음을 대비적으로 드러내기 위해 동원되고 있어 통일감을 준다. 이야기하고자 하는 초점이나 전체적인 인상을 고려하여 묘사의 세부 목록들을 검토해야 하는 것이다.

　문예문의 경우 묘사를 위해 동원된 세부 목록들은 단순히 구체적인 그림이나 풍경을 제시하는 데 그치는 것이 아니라, 인물의 성격이나 사건의 흐름, 작품의 주제를 직접, 간접으로 제시하기도 한다. 구체적인 묘사의 내용에 주시하고 그것이 갖는 의미를 검토해야 할 이유가 여기에 있는 것 이다.

7) 연관성을 바탕으로 한 조화

　(1) 은실네의 느려터지고 게으른 성품을 가장 잘 반영하는 건 그 여자의 손발과 머리숱이다. 생전 머리도 안 감는지 머리숱은 언제 보아도 어수선하기 짝이 없는 까치둥지다. 그 여자의 머리칼이 언제나 누르퉁퉁할 정도로 낙엽 빛깔인 것은 염색을 해서도 아니고 워낙 타고난 빛깔이 그래서도 물론 아니다. 요는 켜켜이 앉아 어깨가 진 먼지 때문인데 여름이면 거기서 쉰내가 난다고 해도 엄살이랄 순 없다. 그러나 정작 그 여인의 발목이라든지 복숭아뼈 부근을 내려다본 사람이라면 술맛 버렸다고 투덜거리게 될지도 모른다.
－박영한의 『왕룽일가』에서

　(2) 뻐스는 무진 읍내로 들어서고 있었다. 기와지붕들도 양철지붕들도

초가지붕들도 유월 하순의 강렬한 햇볕을 받고 모두 은빛으로 번쩍이고 있았나. 철공소에서 들리는 쇠망치 두드리는 소리가 잠깐 뻐스로 달려들었다가 물러났다. 어디신지 분뇨 냄새가 새어들어 왔고 병원 앞을 지날 때는 크레졸 냄새가 났고, 어느 상점의 스피커에서는 느려 빠진 유행가가 흘러 나왔다. 거리는 텅 비어 있었고 사람들은 처마 밑의 그늘에 쭈그리고 앉아 있었다. 어린아이들은 빨가벗고 기웃둥거리며 그늘 속을 걸어 다니고 있었다. 읍의 포장된 광장도 거의 텅 비어 있었다. 햇볕만이 눈부시게 그 광장 위에서 끓고 있었고 그 눈부신 햇볕 속에서, 정적 속에서 개 두 마리가 혀를 빼물고 교미를 하고 있었다.

- 김승옥의 「무진기행」에서

(1)에서 은실네를 묘사하고 있는 세부 사항들은 결국 '그녀는 매우 지저분하고 게으르다'라는 지배적인 인상을 드러내기 위한 것이라 할 수 있다. 또한 주인공이 도시를 떠나 무진이라는 곳에 들어서기 시작하면서 마주치는 광경들을 그리고 있는 (2)에서는 지붕에 내리 쬐고 있는 강한 햇볕이나 쇠망치 소리, 분뇨 냄새, 크레졸 냄새, 유행가 소리, 텅 빈 거리와 광장, 그리고 햇볕만 내리쬐는 그 정적 속에서 교미를 하고 있는 개 등의 세부 사항들이 권태롭고 정체된, 그러면서도 햇볕 속에 원초적인 생명의 모습들을 그대로 드러내고 있는 곳으로서의 '무진'의 전체적인 인상을 만들고 있다. 각각의 세부적 사항들이 무의미하게 나열되고 있는 것이 아니라 '무진'이라는 공간의 독특한 인상과 분위기를 만들어 내기 위해 선택되고 구성되어 있는 것이다. 이처럼 각각의 세부적 묘사가 전체와의 연관성 위에서 조화 있게 서술될 때 묘사된 상황이나 인물의 심적 상태가 읽는 이에게 충분히 전달될 수 있는 것이다.

8) 표현의 구체성, 참신성

이외에도 묘사에서 유념해야 할 것으로 표현의 구체성, 참신성을 들 수 있다. 묘사는 마치 그림처럼 대상을 읽는 이의 머릿속에 떠올릴 수 있게 하는 것이 중요하며 이를 위해서는 감각 작용을 동원한 표현이나 적절한 비유, 상징 등의 사용이 효과적이다.

(1) 마른 뱅어같이 딱딱하고 가느다란 콩넝쿨은 길 잃은 자라처럼 땅바닥을 기고 있다.

- 이상의 「첫 번째 방랑」에서

(2) 선조가 지정하지 아니한 조세트 치마에 웨스트민스터 궐련을 감아 놓은 것 같은 도회의 기생의 아름다움을 연상하여 봅니다. 박하보다도 훈훈한 리그레추윙껌 내음새 두꺼운 장부를 넘기는 듯한 그 입맛 다시는 소리, 그러나 아마 여기필 기생꽃은 분명히 혜원 그림에 서 보는 것 같은, 혹은 우리가 소년시대에 보던 떨떨이 인력거에 홍일산 받은 지금은 지난날의 삽화인 기생일 것 같습니다.

- 이상의 「산촌여정」에서

(3) 유난히도 봄이 일찍 찾아 온 금년 3월 28일, 강진 땅의 모든 봄꽃이 피어 있었다. 산그늘 마다 연분홍 진달래가 햇살을 받으며 밝은 광채를 발하고 있었고, 길가엔 개나리가 아직도 노란 꽃을 머금은 채 연둣빛 새순을 피우고 있었다. 무위사 극락보전 뒤 언덕에는 해묵은 동백나무에 선홍빛 동백꽃이 윤기나는 진초록잎 사이로 점점이 붉은 홍채를 내뿜고, 목이 부러지듯 잔인하게 떨어진 꽃송이들은 풀밭에 누워 피를 토하고 있었다. 그리고 강진읍 묵은 동네 토담 위로는 키 큰 살구나무에서 하얀 꽃잎이 떨어져 내리고

있었다. 이곳이 바로 남도의 봄빛이었다. 피고 지는 저 꽃잎의 최
사한 빛깔은 어쩌다 때가 되면 한번쯤 입어 보는 남도의 화려한
연회복이라면, 남도땅의 평상복은 시뻘건 황토에 일렁이는 보리밭
의 초록물결 그리고 간간이 악센트를 가하듯 심겨 있는 노오란 유
채꽃, 장다리꽃이다.

— 유홍준의 『나의 문화유산답사기』에서

　(1)에서는 콩넝쿨이 땅바닥에 떨어져 있는 것을 묘사하기 위해 마
른 뱅어라든지 길 잃은 자라 같은 쉽게 연상되지 않는 참신한 비유가
사용되고 있고, (2)에서는 ‘기생꽃’이라는 화초를 통해 연상된 도회지
의 기생과 시골 기생의 모습이 시각과 청각, 후각 등의 감각 작용을
통해 구체적으로 그려지고 있다. 도시적인 것과 시골적인 것의 관념
적 대조가 구체적이고 시각적인 모습을 통해 효과적으로 드러나고 있
는 것이다. 이러한 비유의 참신성은 사실 시각의 자유로움, 참신함에
서 비롯된다. 남도의 봄날을 묘사하고 있는 (3)은 구체적이고 감각적
인 표현을 통해 남도 지방의 봄날의 풍경이 마치 한 폭의 그림처럼
시각적으로 펼쳐지는 느낌을 주고 있다. 더구나 연둣빛 새순과 목이
부러지듯, 피를 토한 듯 땅 위에 떨어져 있는 붉은 동백꽃잎, 하얀
꽃잎 등의 묘사에는 단순히 아름답고 생생한 풍경의 재현뿐 아니라
남도 지방에 맺혀 있는 설움과 한과 생명력까지도 환기시키는 역사적
무게가 담겨져 있다. 전체적으로는 답사기라는 형식을 취하고 있는
글이지만 단순한 사실적 보고로서가 아니라 답사한 지역의 정취와 풍
경을 생생하게 느끼게 하는 이와 같은 묘사를 통해 문화유산의 소중
함에 대한 자연스런 인식을 유도하고 있는 것이다.

제 9 장
서술하는 글쓰기

1. 서술이란
2. 서술의 방법
3. 서사하는 글쓰기의 방법

1. 서술이란

1) 서술의 정의

서술이란 사건의 진행 과정이나 사물의 움직임과 변화를 시간적 추이에 따라 구체적으로 풀어 이야기하는 방법을 말한다. 즉 어떤 행동이나 사건을 있는 그대로 표현하거나, 사람이나 사물로 말미암아 일어난 사건을 시간적 순서로 나타내는 방식, 그리고 행위자의 행동 동기, 행위자의 성격, 행동이나 사건의 배경에 대한 자세한 기술을 의미한다.

일반적으로 대상의 움직임이나 사건을 서술하는 것을 말한다. "누가 어떤 행동을 했는가?" 혹은 "무슨 일이 일어났는가?"에 대한 대답이라고 할 수 있다. 묘사의 경우 전체적인 인상이나 느낌을 기술하기 위한 감각 작용과 공간 인식이 중요한 데 반해, 기본적으로 시간의 경과에 따른 변화라 할 수 있는 움직임이나 사건의 추이를 서술하는 서사의 경우에는 무엇보다도 시간 인식이 중요시된다. 사건의 앞

뒤 관계나 문맥적 연관성 등이 구체적으로 제시되어야 하는 것이다. 이런 점에서 본다면 서사란 일단 '사건의 시간적 진술'로 정의될 수 있다. 그러나 일정한 시간적 과정 속에서 일어나는 사건이라고 모두 서사가 되는 것은 아니다. 이때의 사건은 일정한 의미와 가치를 지닌 것으로서 보편적 관심의 대상이 될 수 있는 것이어야 한다.

2) 서술적인 글쓰기에서 지켜야 할 사항

서술적인 글쓰기에서는 대상과 행위가 명확하게 서술되어야 한다. 그리고 생동감이 있어야 하며, 되도록 오감을 이용하여 감각적으로 서술하고, 무엇보다 그 분량이 적절해야 한다.

더불어 주의해야 할 사항도 몇 가지가 있다. 우선 도입이 너무 길지 않도록 해야 하고, 글이 주제에서 옆길로 빗나가 번거롭지 않아야 하며, 충분히 알고 있는 일에 대한 설명은 되도록 피해야 한다. 그리고 마지막으로 너무 욕심을 내어 많은 일을 서술하지 않아야 한다.

2. 서술의 방법

1) 서술의 세 가지 방식

서술적인 글쓰기의 방식은 크게 세 가지로 구분할 수 있다. 그중 가장 대표적인 것이 객관적 서술인데, 이는 글을 쓰는 이기 제 삼자의 입장에서 사건이나 행동을 표현하는 것이다. 즉 신문의 기사나 방송의 원고처럼 객관적으로 이야기하는 방식으로 필자는 자신의 감정을 글에 섞지 않아야 한다.

두 번째로는 담화식 서술이 있는데, 이 방식은 말 그대로 친절하게 독자에게 이야기하는 것과 같은 방법이다. 독자는 자기에게 가깝게 이야기해 오는 필자를 느끼고 필자의 숨소리마저 느끼게 된다. 이러한 기법은 무엇인가를 호소하여 독자의 정서를 움직이려고 할 때에 사용하는데, 필자는 일인칭 '나', '저'를 사용할 수도 있고, 독자를 눈앞에 두고 이야기를 거는 형식으로 '당신', '여러분', '자네' 등의 호칭도 사용할 수 있다.

마지막으로 세 번째는 대화식 서술이다. 이는 독자에게 친근감을 주며 문장을 쉽게 느끼게 하는 효과가 있는 방식인데, 글 속에 제 삼자를 등장시켜 사건이나 상황을 표현하는 방식을 말한다.

『왕릉』 연작의 작가 박영한 씨가 23일 오후 6시30분 경기 일산백병원에서 별세했다. 향년 59세. 그는 3년 넘게 위암과 싸웠고, 최근 병세가 악화해 입원했다. 그는 사흘 전 가족들에게 마지막 말을 남기고 혼수 상태에 빠졌다가 이 날 가족들이 지켜보는 가운데 편히 숨을 놓았다고 한다.

그는 1947년 경남 합천에서 태어나 연세대에서 국문학을 전공했다. 졸업 이듬해인 1977년 베트남 참전 체험을 실어 쓴 중편 「머나먼 쏭바강」으로 계간 〈세계의 문학〉을 통해 등단했다.

우리 문학에서는 처음으로 베트남 전쟁이라는 세계사적 상처를 들고 나와, 인간 실존과 역사의 의미를 묵직하게 쳐들었던 그는, 「인간의 새벽」 「노천에서」등 작품을 잇달아 발표하며 문단의 주목을 받았고, 80년

대 후반 『왕릉』 연작을 통해 대중적으로도 큰 애정을 받았다.

〈오늘의 작가상〉〈동인문학상〉을 탔고, 6년 전부터 부산 동의대 문예
창작학과 교수로 재직했다.

-〈한국일보〉 기사, 2006. 8. 24.

위와 같은 기사는 내용에서 다루고 있는 인물이 한국 문학사에 중
요한 위치를 점하고 있던 인물로서 국민적인 관심과 사회적인 의미를
지니고 있기 때문에 기사로서 가치를 지닐 수 있다. 인물이 한국 문
학사에 공헌한 바를 이렇게 헤아려 본다면 서사는 단순한 사건이나
상황의 기술이 아니라 의미 있는 사건을 시간적 전개 과정을 통해 기
술하는 글쓰기의 양식이라 정의할 수 있을 것이다.

2) 서술의 조건

사건, 시간, 의미, 이것은 서사에 있어서 전제되어야 할 필수적인
조건들이다. 서사문을 구성하기 위해서는 배경이 되는 세계와 인물
그리고 그것을 토대로 해서 전개되는 이야기가 필요하다. 배경에는
장소, 사물, 시간, 공간적 상황 등이 포함되고, 이야기에는 그 세계
속 에서 일어난 사건이나 행동들이 포함된다. 물론 이때의 사건이나
움직임이란 시간의 경과에 따라 전개되는 의미 있는 행동을 의미하
며, 발단부터 종결에 이르기까지의 전 과정을 드러낼 수 있는 것이어
야 한다. 인물과 사건, 배경은 서사를 이루는 기본적인 요소로서, 이
것들이 상호 연관성 속에서 완결된 하나의 의미, 주제를 파생시키게
될 때, 훌륭한 서사문이 되는 것이다.

서사문에는 기사문과 보고문, 자서전, 회고록, 역사 서술, 소설, 서사시, 희곡, 동화, 신화, 전설, 르포르타지 등 의미적 사건을 서술하는 모든 종류의 글이 포함된다.

다음의 글들은 각각 설화와 영화 줄거리 요약 등인데, 전체 글의 성격이나 장르에 있어서 차이가 있음에도 불구하고 각기 일정한 사건의 전개를 시간적 연계성 위에서 진술하고 있는 서사문이다.

(1) 서동의 모친이 과부가 되어 서울 남쪽의 못가에 집을 짓고 살던 중, 그곳의 용과 교통(交通)하여 아들을 낳았다. 아명(兒名)을 서동(薯童)이라 하였는데, 그 도량이 커서 헤아리기가 어려웠다. 항상 마를 캐어 팔아서 생활을 하였으므로, 국인(國人)이 이에 의하여 이름을 지었다. 신라 진평왕의 셋째 공주 선화가 아름답기 짝이 없다는 말을 듣고 서동은 머리를 깎고 서울로 갔다. 동네 아이들에게 마를 먹이니 아이들이 친해서 따르게 되었다. 이에 동요를 지어 여러 아이들을 꾀어서 부르게 하였는데, 그 노래에 "선화 공주님은 남 몰래 얼어 두고 서동방(薯童房)을 밤에 몰래 안고 간다"라 하였다. 동요가 극간(極諫)하여 공주를 먼 곳으로 귀양 보내게 하였다. 장차 떠나려 할 때 왕후가 순금 한 말을 노자로 주었다. 공주가 귀양처로 가는데 서동이 도중에서 나와 맞이하며 시위(侍衛)하여 가고자 하였다. 공주는 그가 어디서 온 지는 모르나 우연히 믿고 기뻐하여 그를 따르게 되었다. 그 후에야 서동의 이름을 알고 동요의 맞는 것을 알았다.

백제로 와서 어머니가 준 금을 내어 생계를 꾀하려 하니, 서동이 크게 웃으며 "이것이 무엇이냐?" 하였다. 공주가 "이것은 황금이나 가히 백 년의 부를 이룰 것이다"하니, 서동은 "내가 어려서부터 마를 파던 곳에 흙과 같이 쌓아 놓았다." 하였다. 공주가 듣고 크게 놀라 "그것은 천하의 지보(至寶)니 지금 그 소재를 알거든 그 보물을 가져다 부모님 궁전에 보내는 것이 어떠하냐?" 고 하였다. 서동이 "좋다" 하여 금을 모아 구릉(丘陵)과 같이 쌓아 놓고 용화산 사자사(獅子寺)의 지명법사에게 가서 금을 옮길 방책이니 금을 가져오라. 하였다. 공주가 편지를 써서 금과 함께 사자사 앞에 갖다 놓으니 법사가 신력으로 하룻밤 사이에 신라 궁중에 갖다 두었다. 진평왕이 그 신비한 변화를 이상히 여겨 더욱 존중하며 항상 편지를 보내어 안부를 물었다. 서동이 이로부터 인심을 얻어 왕위에 올랐다.

– 『삼국유사』의 「서동설화」에서

(2) 아버지(변희봉)가 운영하는 한강 매점. 늘어지게 낮잠 자던 강두 (송강호)는 잠결에 들리는 "아빠"라는 소리에 벌떡 일어난다. 올해 중학생이 된 딸 현서(고아성)가 잔뜩 화가 나 있다. 꺼내 놓기도 창피한 오래 된 핸드폰과 학부모 참관 수업에 술 냄새 풍기며 온 삼촌(박해일) 때문이다. 강두는 고민 끝에 비밀리에 모아 온 동전 이 가득 담긴 컵라면 그릇을 꺼내 보인다. 그러나 현서는 시큰둥 할 뿐, 막 시작된 고모(배두나)의 전국체전 양궁 경기에 몰두해 버린다.

한강 둔치로 오징어 배달을 나간 강두, 우연히 웅성웅성 모여 있는 사람들 속에서 특이한 광경을 목격하게 된다. 생전 보지 못 한 무언가가 한강 다리에 매달려 움직이는 것이다. 사람들은 마냥 신기해 하며 핸드폰, 디카로 정신없이 찍어 댄다. 그러나 그것도 잠시…… 정체를 알 수 없는 괴물은 둔치 위로 올라와 사람들을 거침없이 깔아뭉개고, 무차별로 물어뜯기 시작한다. 순식간에 아수 라장으로 돌변하는 한강변. 강두도 뒤늦게 딸 현서를 데리고 정신 없이 도망가지만, 비명을 지르며 흩어지는 사람들 속에서, 꼭 잡았 던 현서의 손을 놓치고 만다. 그 순간 괴물은 기다렸다는 듯이 현서를 낚아채 유유히 한강으로 사라진다.

갑작스런 괴물이 출현으로 한강은 모두 폐쇄되고, 도시 전체는 마비된다. 하루아침에 집과 생계, 그리고 가장 소중한 현서까지 모든 것을 잃게 된 강두 가족…… 돈도 없고 빽도 없는 그들은 아무도 도와주지 않지만, 위험 구역으로 선포된 한강 어딘가에 있을 현서를 찾아 나선다.

- 영화 〈괴물〉의 줄거리

3. 서사하는 글쓰기의 방법

1) 서사문의 대전제 혹은 구성 요소들

서사문을 쓰기 위해서는 우선 사건에 대한 기본적인 이해가 전제되어야 한다. '언제, 어디서, 누가, 무엇을, 어떻게, 왜'의 이른바 육하원칙을 토대로 해서 무슨 사건이 일어났는가 그리고 그것이 왜, 어떻게 전개되었는가를 함께 고려해야 하는 것이다. 이는 사건을 구성하고 있는 요소들에 대한 체계적인 파악을 의미하는데, 이를 위해서는 인물의 성격이나 행위의 양태, 동기, 시간, 공간적 배경 등에 대한 유기적이고 종합적인 관계의 검토가 요구된다. 특히 인물, 사건, 배경에 대한 충분한 검토는 서사문 작성의 가장 중요한 전제이다.

먼저 인물은 모든 사건, 행동의 근원지라는 점에서 서사에 있어서 핵심이 된다고 할 수 있다. 때로 인물의 성격이나 배경, 동기 등에 대한 검토가 곧 사건을 이해하는 기본 열쇠가 되기도 한다. 서사문에서 인물의 성격을 효과적으로 드러내기 위한 방법으로는 외양이나 대사, 행동 양식 등의 묘사를 사용할 수 있다.

사건은 이 인물과 행동이 결합되어 일어나는 것인데, 묘사에서 대상의 모든 세부 사항들이 전부 기술되지 않는 것처럼 서사에서도 일련의 사건들은 전체의 이야기의 흐름이나 의미에 비추어 선택, 배열되는 과정을 거쳐야만 한다. 즉 중심이 되는 사건과 주변적인 사건을 구분하고, 그것들을 나름대로의 질서와 체계를 부여하여 재배치하는 과정이 요구되는 것이다. 또한 이야기가 언제부터 언제까지에 걸쳐 일어난 것인지, 그 이야기를 어디에서부터 시작하고 어디에 초점을 맞출 것인지, 그리고 몇 단계로 나누어 이야기를 전개시킬 것인지 등에 대해서도 계획을 세워야 한다. 시간, 공간적 배경은 사건의 파악에 도움이 될 수 있도록 구체적이고 생생하게 묘사하는 것이 효과적이다. 그러나 서사문의 성격에 따라 이에 대한 객관적이고 설명적인 묘사뿐 아니라 암시적이고 주관적인 묘사도 동원될 수 있다. 시간, 공간적 상황은 때로 단순히 사건이 일어나는 장(場)으로서뿐 아니라 전체적인 분위기를 조성하고 인물이나 사건에 직접, 간접으로 영향을 주는 요소로 기능할 수도 있기 때문이다.

2) 구성 요소와 원리

이처럼 서사의 구성 요소들이 검토되면 이를 전체적인 흐름 속에서 조화 있게 구성하는 작업이 뒤따른다. 사건과 인물, 배경들을 결합시키고 배치시키는 전체적인 원리나 체계를 세워야 하는 것 인데, 이러한 구성의 원리는 크게 시간적 관계에 의한 것과 인과적 관계에 의한 것으로 나뉘어질 수 있다. 우선 서사물에서 사건들은 시간의 축을 따라 조직될 수 있는데, 그것은 시간의 계기적 발생 순서에 맞추어 전개될 수도 있고, 회상 형식으로 역전되어 전개될 수도 있다. 뿐만 아니라 각각의 사건들은 그들 사이의 논리적, 심리적, 혹은 사회적 연관성을 드러내야 한다는 점에서 인과적 관계에 의한 결합 원리에 조정되기도 한다. 가령 '왕이 죽었다'와 '왕비가 죽었다'의 두 가지 사실은 다음처럼 결합될 수 있다.

(1) 왕이 죽고, 그 후에 왕비가 죽었다.
(2) 왕이 죽자 슬픔을 못이겨 왕비가 죽었다.

(1)의 경우는 시간적 선후 관계에 의해서 두 사건이 결합된 경우이고, (2)의 경우는 여기에 다시 인과적 관계가 적용된 경우이다. (2)는 (1)에 비해 단순히 어떤 사건이 일어났는가 하는 점뿐 아니라 그것이 왜, 어떻게 일어났는가에 대해서도 해석의 근거를 제시하고 있다. 이러한 원리는 E.M. 포스터가 '스토리'와 '플롯'을 구분하기 위해 사용한 것으로, 효과적인 서사문을 쓰는 데 있어서의 구성의 원칙과 필요성을 환기시키고 있다.

3) 사건과 시점

한편 시점은 서사문에서 중요하게 다루어져야 할 본질 중의 하나이다. 그것은 누가 이야기하고 있는가 하는 점과 이야기하는 사람이 사건과 얼마나 관련되어 있는가에 따라 관여되는 문제이다.

(1) 1인칭 서술의 경우

> 허생이 누구냐고? 선생님의 질문엔 끝이 없다. 이번에는 왜냐가 아니라 누구냐이다. 나도 참 병이다. 끝이 없는 질문들을 줄줄 쫓아가며 베끼고 있으니. 손이 아파서 더 못 쓰겠다고 그 아픈 손으로 써 놓고, 그러고도 자꾸 더 쓰고 있으니. 나란 사람은 누구냐? 총이 아니라 연필을 든, 투쟁정신으로 빛나는 눈이 아니라 신경을 너무 써서 핏발이 선 눈을 가진, 투사가 아닌 환자. 환자? 어떤 환자? 윤수가 더듬지 않았으면 좋겠다. 아니면 아예 나서서 말을 하려고 들지 않든가. 허생의 행동, 허생 읽기. 윤수의 행동, 윤수 일기. 나의 행동, 나 읽기. 읽기는 언제나 내가 한다. 허생전 읽기는 꽤 재미가 있는데, 다른 읽기는 왜 그렇게 갈피를 잡을 수 없는지 모르겠다. 아니, 허생 읽기나 나 자신 읽기나 갈피를 못 잡기는 마찬가지다.
>
> — 최시한의 「허생전을 배우는 시간」에서

> 나는 근무한 지 얼마 되지 않아서 한기준이가 나를 궁금케 했던 장인하의 놀라운 업무 능력의 실체를 파악할 수 있었다. 그의 교정 작업량은 실제로 놀라웠다. 교정의 정확성은 물론이거니와, 같은 시간에 다른 사람의 작업량보다 과장한다면 두 배는 될 것이라는 한기준의 말은 결코 허풍이 아니었다. 이 능력은 그의 집중력에서 비롯되고 있었다. 우리들은 잠을 자지 않는 한 소리라는 물질적 현상에서 자유로울 수 없다. 사무실에 앉아 있노라면 바깥의 차소리에서부터, 의자가 삐걱대는 소리, 직원들의 발자국 소리, 소곤거리는 소리, 그리고 하다못해 펜 끝과 종이에서 마찰되는 미세한 소리까지 감지된다. 그러나 장인하는 이 모든 소리의 영역에서 벗어나 있었다.
>
> — 정찬의 「완전한 영혼」에서

두 예문은 모두 일인칭 화자에 의해 진술되고 있는 경우이다. 그러나 앞의 예문이 '나'가 작품의 실질적인 주인공인 데 반해, 뒤의 예문에서의 '나'는 장인하라는 인물을 바라보고 관찰하는 입장에 서 있다. 뿐만 아니라 앞의 문장에서의 '나'는 고등학교 학생으로 설정되어 있어 사용하는 언어나 지각 방식도 그에 준하여 나타나고 있다. 전교조 활동을 하다 쫓겨나게 되는 '왜냐 선생'으로부터 『허생전』이라는 고전을 읽고 배우는 학생의 시점을 통해, 현 교육의 실상과 그로 인해 내재되어 있는 갈등, 그리고 책 읽기의 문제 등이 구체적으로 제기되고 있다. 후자의 경우는 짐승 의 논리가 지배되던 불모의 시대와 이에 대응하는 장인하라는 인물이 지닌 식물정신의 대비를 통해 진정한 생명성의 문제를 환기시키고 있는데, 일면 비현실적으로 보이는 장인하라는 인물을 관찰자적 입장에서 접근, 조명함으로써 한편으로는 그를 객관적으로 묘사해 내고 다른 한편으로는 이를 바라보는 화자의 마음에 일어나는 심리적 변화까지도 드러내고 있다. 만일 이들 작품들이 일인칭이 아닌 삼인칭 시점을 사용하였거나 다른 인물로 일인칭 서술자를 삼았다면, 작품의 주제나 서술 효과가 달라질 수 있었을 것이다.

(2) 3인칭 서술의 경우

일반적으로 일인칭 시점은 구체적인 상황에 처한 인물의 생각이나 느낌들을 생생하게 전달할 수 있다는 이점을 가지고 있는 반면에, 지나치게 주관적이 되어 객관성이나 보편성을 잃기 쉽다는 문제점을 갖고 있기도 하다. 따라서 보다 객관적인 서사문 작성이 요구되는 기사문이나 공적인 보고문, 역사 서술 등의 작성에서는 삼인칭 시점을 사용하는 것이 보다 효과적이라 할 수 있다. 한편 삼인칭 화자에 의한 서술인 경우에도 서술자가 이야기 세계에 대해 어느 정도 관여되어 있는가, 어느 정도 거리를 두고 있는가에 따라 시점에 차이가 드러나게 된다.

후반 32분 스위스 공격수 프라이는 한국 골문 앞에서 오프사이드 위치에 서 있었다. 선심은 깃발을 높이 들어 프라이가 오프사이드라는 것을 선언했다. 한국 선수들이 오프사이드로 생각해 동작을 멈춘 사이 프라이의 슛이 골문 안으로 들어갔다. 선심은 분명히 오프사이드를 선언하며 깃발을 들고 골이 들어갈 때까지 깃발을 내리지 않았으나 주심은 이를 무시한 채 프라이의 슛을 골로 인정했다. 선수들과 아드보카드 감독은 주심의 판정에 강력하게 항의했으나 한 번 내려진 결정은 번복되지 않았다.

-〈국민일보〉 2006.6.24 기사에서

이 같은 기사문의 경우 서술자는 서술 내용에 대해 일정한 거리를 가지고 객관적인 입장에서 이야기를 기술하고 있다. 일반적으로 기사문이나 보고문 등에서는 이처럼 주로 객관적인 시점을 사용하여 주관적인 견해나 판단 등을 피해 객관성을 유지하는 것이 중요하다. 그러나 같은 3인칭 서술이라 할지라도 문예문에서는 글의 내용이나 성격에 따라 서술자가 이야기에 관여하는 정도에 차이가 생기게 된다.

해방되고 일주일쯤 지나 소련 군인들이 이 역에 내렸다. 그들은 성정이 거칠고 행실이 부박해서 여러 가지 패악을 저질렀다. 강도와 강간도 서슴지 않던 그들은 대부분 시베리아로부터 온 죄수라고 했다. 빼앗은 손목시계를 양손 팔뚝에 주루룩 찼고 여자만 보면 아무 데서나 자빠뜨렸다. 말을 듣지 않으면 그냥 죽이기도 했다. 특히 그들은 패주하는 일본 여자를 공격하고 죽였고 일본 사람들의 재물을 강탈했다. 시커먼 빵을 들고 다니다 베개 삼아 목을 받쳤고 절인 정어리나 고등어를 그냥 먹었다. 날고기를 먹는 그들을 여자들은 특히 질겁해서 개울로 빨래를 다닐 때도 여럿이 뭉쳐서 나갔다. 평소에는 얼굴에 숯검덩이를 칠하고 머리를 헝클어뜨리고 주름살도 그려 넣었다. 교육받은 소련의 장교들이 오기 전까지 그늘은 '보스케'라는 경멸의 이름으로 불렸다.
- 이경자의 「박제된 슬픔」에서

이 같은 경우 서술자는 이야기 세계 속에 직접 관여하지는 않으면서 거의 객관적으로 해방 이후 북한에 들어온 소련군들의 모습을 묘사하고 있다. 역사적 사건을 배경으로 인물과 상황을 그려 내는 소설의 경우 가능한 인물과 사건을 객관적으로 그려 내야 하는 만큼 글 쓰는 이 자신의 목소리나 태도는 가급적 중립을 띠게 되는 것이다. 한편 이처럼 서사적 사건의 전달보다 인물의 내면 세계를 드러내는 데 초점이 있는 작품인 경우에는 같은 삼인칭에 의한 서술일지라도 서술자가 인물이나 이야기 세계에 대해 거리를 조정해 가면서 자신의 존재나 입장을 보다 구체적으로 드러내기도 한다.

그들은 붕붕 트럭의 엔진 소리를 두어 번 크게 울려 겁을 주고 가는 것이었다. 그는 그 자리에 스스르 주저앉았다. 후우 깊은숨이 절로 나왔다. 허겁지겁 집까지 어떻게 내려왔는지 모른다. 지옥의 문턱에라도 갔다 온 것 같았다. 거실 벽시계를 보니 열두 시 십오 분이었다. 온몸이 땀으로 젖어 있었다. 그는 집 안의 히터를 켰다. 한참 뒤 마음이 진정되자 부아가 부글부글 끓어올랐다. 돌아가는 일이 분명히 잡혔다. 완전 인종차별이로군. 이곳에서 쫓아낼 작정이 아닌가. 그는 새벽 세 시가 지나고 네 시가 되어도 잠이 오지 않았다.
- 송상옥의 「산장으로 가는 길」에서

이 경우에는 서술자가 이야기 세계 속에 실체적인 인물로 등장하지는 않지만 그의 시점이 작품의 주인공인 '그'에 밀착되어 있음을 알 수 있다. 즉 '그'가 바라보고 느끼고 인식하는 대로 서술이 이루어지고 있는 것인데, 가령 그의 두려움과 절망을 읽어 내는 주체도 사실 서술자가 아닌 '그'인 것이다. 그래서 표면적으로는 서술자의 말로 드러나고 있는 진술들에 '그'의 인식과 느낌, 말이 겹쳐지게 된다. 이러한 서술자의 태도는 독자에 대해서도 이야기 속의 세계를 주인공인 '그'의 시각에서 바라보고 인식하도록 이끌어, 작가가 말하고자 하는 작품의 주제에 보다 공감할 수 있도록 작용하게 된다. 서사문의 종류나 목적에 따라서 어떤 시점을 택해야 할 것인가가 달라지는 것은 결국 효과적인 이야기의 전달을 위한 것이라 할 수 있으며, 이는 다시 주제의 문제에 연결된다. 모든 글쓰기의 시작과 끝은 종국에 인식과 사고의 문제인 것이다.

살아 있는 문장론

제 10 장
제목 붙이기

1. 제목이란
2. 첫 문장
3. 본문
4. 인용
5. 마무리

1. 제목이란

1) 제목의 기능

제목의 역할은 한 편의 글에서 대단히 중요하다. 제목은 그 글의 얼굴이며, 독자로 하여금 그 글에 접근시키고, 그 글을 읽도록 유도하는 작용을 하기 때문이다. 특히 제목은 주제나 목적을 암시해 주며, 내용까지 축소하여 나타내기도 한다. 물론 제목만으로는 너무 짧아서 본문의 내용을 담기 힘들 때, 또 본문의 내용을 좀 더 구체적으로 독자에게 전할 필요가 있을 때, 제목보다 더 구체적인 어구를 써넣는 경우도 있다. 이것을 부제(sub title)라고 한다. 일반적으로 제목은 간단하면서도 인상적인 것이 좋다.

2) 제목 붙이는 방법

　제목은 글을 계획하는 단계에서 일단 생각해 두고 글을 다 쓴 다음에 검토하는 것이 효과적이다. 제목은 독자에게 글의 강조점을 알려 주기 때문에 글의 요점을 이해하는 데 필요하다. 제목은 글의 내용에 대해 안내하는 성격의 것에서부터 주제를 암시하는 비유에 이르기까지 다양하게 붙일 수 있다. 글을 써 본 사람이라면 누구나 글에 어떤 제목을 붙일까 하는 고민에 빠진다. 이런 고민은 글 쓰는 사람뿐만 아니라, 창작에 종사하는 모든 사람들이 공통으로 겪는 고민이다. 이 제목 붙이기는 쉬울 듯하면서도 결코 쉬운 것이 아니다. 멋진 제목을 찾아 고심하다가 결국 실패하고 '무제(無際)', 또는 '실제(失題)'로 하고 마는 경우도 허다하다. 멋진 제목이야 작가의 뛰어난 감각에서 나오는 것이겠지만, 꼭 멋진 제목이 아니더라도 제목을 붙이는 일반적인 세 가지의 방법이 있다.

　먼저 주제와 관련된 제목이 있는데 이 경우에는 제목이 글의 내용을 선명하게 보여 주게 된다. 예를 들어 '다시 찾은 내 고향', '새해를 맞이하며', '환경 보호의 필요성' 등은 이미 제목에서 글의 핵심을 뚜렷하게 드러내 준다. 그러나 글을 읽기 전에 내용을 먼저 알려 주어 흥미를 떨어뜨리는 단점도 있다.

　두 번째는 목적과 관련된 제목으로 쓰는 이의 의도를 직접 나타내는 경우다. 이때에는 제목이 자기의 주장을 노골적으로 드러내고 설득하려는 태도를 보이게 된다. 예를 들어 '화장실에서 한 줄로 서자', '국경일에 국기에 게양하자' 등이 그러한데, 이럴 경우 쓰는 이의 목적이 분명하게 드러나는 실리적인 이점이 있지만, 은근한 맛이 적고 선동적인 약점이 있다.

마지막으로 제재와 관련된 제복이 있는데, 이럴 경우 제목은 글의 대제적인 윤곽을 드러내 준다. 특히 우리 주변에서 접하는 도서의 제목은 제재의 전체나 부분과 관련된 것들이 많은 편이다. 전체적인 제재와 관련된 제목으로는 '칼의 노래', '모란시장 여자' 등이 있으며, 부분적인 제재와 관련된 제목으로는 '천국보다 낯선', '물 위의 하룻밤' 등이 있다.

물론 이 외에도 제목을 정하는 방법에는 중심인물을 가리키는 방법, 중요한 장면을 나타내는 방법, 인상적인 것을 나타내는 방법, 상징적 지시물을 제목으로 하는 방법, 본문을 요약하는 방법 등이 제목으로 삼을 수 있는 대표적 방법에 속한다.

경우에 따라서는 멋진 제목을 달고 싶은 욕심에서 글의 내용과는 엉뚱한 제목을 붙이거나 과장된 제목을 붙이는 경우도 없지 않다.

2. 첫 문장

1) 첫 문장의 중요성

글의 첫 문장 석 줄은 성패의 열쇠이다. 첫 문장은 전체를 내비치는 부분이기 때문에 아무리 유명한 문장가의 글이라도 첫 석 줄을 읽어 보고 그 글에 대한 전체적 인상을 미리 결정하기도 한다. 독자들은 첫 석 줄로써 '읽힐 문장'인가 '안 읽힐 문장'인가를 예리하게 판단한다. 이러한 지적은 성급한 독자들의 조급한 판단이 옳다 그르다 하기 전에, '읽힐 문장'으로의 문장 전략상으로도 유념해야 할 문장 작법의 하나다. 문장에 대한 일반적인 원리는 다음과 같다.

첫머리에서 흥미와 주의를 일으켜 놓고, 중간에서 그 흥미와 주의를
지속적으로 유지케 하고, 마무리에서 운치롭고 인상적으로 마치게 한다.

는 것이 일반적으로 문장에 붙여지는 주의사항이다. 쓰려는 내용이
종이 위에 선명하게 나타나지 않으면 펜을 들지 않아야 한다. 어떻게
써야겠다는 대강의 요령이 떠올랐다고 해서 섣불리 펜을 들면, 가장
중요한 부분 몇 마디, 즉 글의 중간에 나와야 할 말들이 먼저 튀어나
와 버리기 쉽다. 그렇게 되면 겨우 몇 줄만 써 놓고 난 뒤, 다음을
이어 쓰지 못해 쩔쩔매게 된다. 따라서, 글쓰기에 자신이 없는 사람
일수록 첫 문장은 길게 쓰지 않는 편이 좋다. 첫 문장이 길어지면 그
것을 매끄럽게 마무리하기가 힘들어지기 때문이다. 첫 문장은 가능한
짧게 쓰는 것이 좋다. 다시 말해, 첫 문장에서부터 멋을 잔뜩 부려
장황하게 쓰려고 하면 내용이 얽히고설키어서 써 나갈 방향을 놓쳐
버리기 쉽다는 것이다.

2) 첫머리의 기법들

첫머리의 기법은 학자에 따라 각양각색이다. 그러나 공통적으로 가
장 중요한 것은, '읽힐 문장'의 첫머리는 재미, 호기심, 감명 중 그
한 가지는 지녀야 한다는 점이다.

(1) '나는'형은 필자 자신이나 주인공을 내세우는 기법이다.

- 나는 줄의 끄트머리에 있다. 아지씨 하니기 나를 밀치고 내 앞으로 들어섰다.

─ 김이설의 「열세 살」에서

- 나는 그가 오기를 기다리고 있었다. 내가 파리에 도착한 달은 6월인데 8월이 다 되어도 그는 아직 오지 않고 있었다.

─ 조성기의 「작은 인간」에서

(2) 시처형은 시간이나 장소로 시작하는 기법이다.

- 오늘은 고들빼기김치를 담그는 날입니다

─ 안영실의 「그늘 우거진 소리」에서

- 5층 엘리베이터의 문이 열리자 먼 병실 쪽에서 "야아……" 하는 비명이 들렸다.

─ 한말숙의 「이준 씨의 경험」에서

(3) 해설형은 제목의 뜻, 집필 동기, 말의 풀이 따위로 시작하는 기법이다.

- 나는 절지동물로 포식서이다. 과와 목은 그리 중요치 않다. 삼각형의 머리에 큰 겹눈 한 쌍과 세 개의 홑눈이 있다.

─ 이나미의 「낙타의 사랑」에서

- 낙타 주머니는 낙타 그림이 있는 검은 주머니이다. 다시, 낙타 주머니는 낙타를 끌고 가는 소년의 모습이 수놓인 둥그런 주머니 혹은 가방이다.

─ 윤대녕의 「낙타 주머니」에서

(4) 본론형은 다짜고짜 본론, 주제로 직행하는 첫머리다.

* 이상하다. 또? 이상하군. 아까부터 뭔가 이상했다. 이제 생각해보면
  그렇다.

- 오수연의 「황금지붕」에서

(5) 묘사형은 풍경이나 사물을 묘사하면서 글을 시작하는 방식이다.

　　여자의 벗은 몸은 싸구려 트로피 같다. 아무 감동도 없는 육체, 테니
스 공이건 골프 공이건 상관없이 자랑처럼 품은 젖가슴. 언젠가는 허물
처럼 벗겨져버릴 금도금의 맨질맨질한 피부.

- 천운영의 「소년 J의 말끔한 허벅지」에서

(6) 회화형은 본론형의 하나로, 그 형식이 회화로 시작된다.

* 도시 외곽에는 감옥이 있었다. 방이 많은 감옥이었다.

- 편혜영의 「서쪽 숲」에서

(7) 인용형은 명구, 명언, 유명인의 말을 첫머리에 인용함으로써 들
　　어가는 기법이다.

* 어머니는 그녀의 자궁이 거짓으로 끝난 느낌을 받았으며, 그녀 자신
  이 부정당한 느낌이었다.

-D.H. 로렌스-전성태의 「강을 건너는 사람」에서

(8) 선형형은 뼈대, 틀을 짜는 것을 말한다. 즉 틀매김을 제시하
　　고 들어가는 기법이다.

예문) • 노후에 믿을 수 있는 섯이 셋-'늙은 아내, 늙은 게 한 마리,
      그리고 예금통장'

- 김소운의 「맨발 벗은 개」에서

3. 본   문

1) 본문의 역할

　문장의 중심 대목으로 글의 핵심 내용에 해당한다. 따라서 서두에
서 끌어 모은 독자의 관심을 끝까지 성공적으로 이끌고 가기 위해서
는 내용의 초점이 체계 있고 명확하게 본문 속에 드러나야 한다. 일
반적으로 본문의 구성, 진술 방식 등은 글의 목적, 성격, 내용에 따
라 달라진다. 여기서는 논술에 필요한 전개 방식과 유의할 점을 중심
으로 본문 쓰기를 살펴보기로 한다.

2) 본문의 전개 방식

　(1) 인과 관계에 의한 전개 방식
　원인과 결과에 따른 단락 배열로 어떤 현상을 설명하거나 논증할
때 쓰인다.

예) 개화기는 우리 역사 가운데서 비극적 시기가 되고 말았다. 그것은
개화주의자와 수구주의자 간의 대립이 첨예화되고 혼란이 극심해졌
기 때문이 아니라, 외국의 선진 문화와 기술을 받아들여 나라를 부
강하게 만들어 보자던 순수한 애국적 정열이 간교한 일제에 이용됨
으로써, 결국 나라마저 잃고야 마는 비운을 맞았기 때문이다.

(2) 예증을 통한 전개

사실에 대하여 실례를 들어 증명하는 방식으로, 중심 내용을 구체
화하거나 뒷받침하는 설명과 논증에 주로 쓰인다.

예) 이와 같이 우리의 음악, 무용, 회화, 공예, 건축 등으로부터 일상생
활 도구, 의상, 음식물에 이르기까지 깃들어 있는 이 '멋'과 조화는
우리의 생리 체질까지 제약하면서 발전하여 나왔기로 우리의 문학
에서도 이미(美)의식이 반영되어 있음은 말할 나위가 없는 것이다.
누구나 잘 아는 '춘향전'에서 이 도령은 그네 뛰는 춘향의 멋들어진
자태를 보는 그 순간에 반해 버렸고, 춘향이 이 도령에게 반한 것
도 이 도령이 남원 부사의 아들이라는 사실보다 멋쟁이 이 도령에
게 반한 것이었다.

(3) 비교와 대조를 통한 전개

대상의 비슷한 점과 차이점을 견주어 진술하는 방식으로 설명에 주
로 쓰이지만, 논증에서도 많이 쓰이는 전개 방식이다.

예) 이런 점에서 법은 달가운 존재가 아니며 기피와 증오의 대상이 되기도
한다. 그러나 법이 없으면 안전한 생활을 할 수 없게 되는 것이 우리
의 사회 현실이고 보면 법은 없어서는 안 될 존재이다. 이와 같은 법

의 양면성은 울타리와 비교될 수 있다. 울타리는 우리의 시야를 가리고 때로는 바깥출입의 자유를 방해하는 점에서 답답한 존재이다.

3) 본문 쓰기에서 유의할 점

(1) 서두에 제시된 목표나 문제점, 글에서 다루기로 한 범위에 맞춰 써야 한다.

이는 논지의 일관성 유지하기 위해서이다. 즉 글의 핵심을 제대로 전달할 수 있도록 하기 위해 관점과 논의의 방향이 명확해야 하고, 각각의 문단이 밀접하게 연관될 수 있도록 논리적 연계성을 지녀야 하며, 앞에서 설명한 바와 같이 줄거리 또는 개요를 미리 만든 다음 본문을 쓰는 것이 바람직하다.

(2) 논의의 객관성 유지하여야 한다.

자신의 의견만을 일방적으로 내세우거나 자신 생각만을 고집하는 것이 아니라 자신 주장의 정당성을 입증해 나가는 방식의 글쓰기가 올바른 논의의 방법이다. 공평하고 온당한 주장만이 설득력을 가질 수 있기 때문이다.

(3) 내용이 참신한 것이어야 한다.

본문은 새로운 독창적 생각이나 견해를 담아야 하는데, 이때의 참신성이란 전혀 새로운 것을 이야기하는 것이 아니고 새로운 자료, 새로운 논법, 새로운 관점, 새로운 해석을 통해 얻어지는 인식의 새로움을 이야기하는 것이다.

(4) 본문에 사용하는 제재들은 글의 내용을 적절하고도 충분하게 뒷받침해야 한다.

(5) 정확한 어휘 사용과 개성 있는 문체로 써 내려간다.

4. 인 용

1) 인용의 정의와 종류

글이란 자신의 생각과 느낌과 주장에 따라 쓰는 것이지만, 다른 사람의 의견이나 주장을 근거로 할 경우가 많다. 자신의 주장을 합리화하기 위해 남의 글을 근거로 삼을 수도 있고, 남의 글을 비판의 대상으로 삼아 자기 주장을 내세울 수도 있다. 이렇게 자신의 글 속에 다른 사람의 글을 일부 옮겨 오는 방법을 인용이라 한다.

인용에는 직접 인용과 간접 인용이 있다. 직접 인용은 자신의 글 속에 다른 사람의 글을 원전 그대로 옮겨 놓는 것으로, 이럴 경우 원전의 표기법이나 특이한 표현 방식을 그대로 옮겨야 한다. 그리고 간접인용은 다른 사람의 글을 원전 그대로 옮기는 것이 아니라, 글 쓰는 이의 관심에 따라 자기표현으로 바꿔 그 내용을 옮겨 놓는 방법이다. 그러나 원전의 내용을 왜곡하지 않도록 주의해야 한다.

2) 직접 인용의 방법에서 유의해야 할 점

(1) 인용할 부분이 3행 이상일 경우 본문의 내용과 구별하여 별도의 문단으로 처리한다.

이때 인용문이 시작되는 부분과 끝나는 부분의 위아래로 각각 한 행씩 비우고, 좌측에도 한 칸을 비워 약간의 여백을 주는 것이 좋다. 그리고 2행 이하일 경우 본문과 구별 없이 쓰고, 인용문의 앞뒤에 인용 부호를 표시하는 것이 좋다.

(2) 직접 인용에서 인용문은 원전 그대로를 인용하는 것이 원칙이다. 인용문의 표기법을 현행 맞춤법으로 고쳐 쓰거나, 한자의 음을 달아 놓는 경우에는 그러한 사실을 반드시 표시해 주어야 한다. 물론 인용문의 일부를 중간에서 생략한 경우에도 생략 사실을 표시해 주어야 한다.

(3) 인용문의 출처를 정확하게 표시

인용문의 출처가 표시되어야만 어떤 자료를 이용하고 있는가를 알 수 있다. 특히 학술적 연구 논문에서는 인용문의 출처를 주석으로 표시하는 것이 보통이지만, 일반적인 글에서는 간단하게 본문 속에 표시할 수도 있다.

(4) 글쓰기에서 직접 인용을 너무 자주 활용하는 것은 바람직하지 않다

이는 남의 주장만을 늘어놓고 있는 것으로 보일 수도 있고, 글의 전체적인 구성도 산만해지기 쉽기 때문이다.

5. 마무리

끝이 좋으면 전체가 산다. 세상일도 그러하겠지만 글에서도 첫머리보다 중요한 게 바로 끝맺음이다. 독자들의 머리에는 이 마지막 것만이 남기 때문이다. 읽은 다음에 손해 본 듯한 마무리는 필자도 독자도 바라지 않는다. "읽은 수고가 헛되지 않았구나"는 이점을 안기는 결말이었으면 하는 것이 글을 쓰는 사람이나 읽는 사람의 최소한의 소망일 것이다.

1) 마무리 문장의 조건

(1) 짧아야

마무리 단락은 짧을수록 효과적이다. 일반적인 생활문에서 첫머리를 전체의 15%, 마무리를 10%로 잡으라는 규칙이 있다. '압축의 압축', '생략의 생략'의 의미를 되새겨야 할 부분이다.

(2) 강해야

강한 표현이 되려면 문장을 입체화해야 한다. 입체는 평면의 반대다. 즉 문제를 밖에서 바라보는 것(시점 변화), 딴 화제와 결부시키는 것(비교, 대조), 표현에 변화를 깃들이는 것(문체의 변화, 리듬화) 등이 입체화의 한 방법이라고 할 수 있다.

(3) 안정감 있어야

이는 종결은 완결미, 완성미를 의미한다. 엉뚱한 화제로 돌리며서 끝맺는 것도 하나의 '여유'요 '새로움'이다. 딱딱한 내용을 앞에서 말했으면 그 뒤엔 반드시 풀어 주어야 한다.

2) 마무리의 기법들

(1) 고조형은 사건의 해결이나 화제의 종말을 평면적으로만 말하지 않고, 새로운 파란을 일으키거나 독자의 감흥을 더 추어올리려는 맺음이다.

> 보아 주는 이 없어도 좋다. 오직 나의 서식할 한 줌의 흙과 철 따라 내리는 우로 있으면, 태양의 따뜻한 온기와, 밤이면 만천 성좌의 서정과 더불어 성장하면 그뿐! 어느 때고 안으로 안으로 다스려 오던 내 정열이 마침내 견딜 수 없는 날, 노래처럼 나도 꽃 한 송이 진홍빛깔로 개화하였다가 낙화하면 그만인 것이다.
>
> — 이영도의 「잡초처럼」에서

(2) 완결형은 안정감을 목표로 완전히 할 말을 다하는 마무리로 일반적으로 논설문에서 많이 쓰인다.

> 그의 유서가 피로되었다. 그 유서에는, 4년 전에 ××도 ××고을에 살던, 그 때 열두 살 났던 '영애'라는 처녀를 찾아서, 그 처녀가 그 때 어떤 과객이 준 수정으로 만든 비둘기를 가지고 있거든, 자기의 유산 전부를 주어서 비둘기를 사서, 자기와 같이 묻어 달란 말이 있었다. 그리

고, 젊은이는 그 때의 그 소녀가 아직껏 그 비둘기를 가지고 있을 것을 의심치 않고 믿었던 것이었다. 이리하여, 그의 주검은 수정 비둘기와 함께 무덤으로 갔다.

— 김동인의 「수정 비둘기」

(3) 여정형은 이미 말한 내용에서 약간 벗어나거나, 주변적인 것에 초점을 돌려 효과를 보는 방식이다.

　　시계가 여덟 시를 친 지 몇 분 뒤에, 무엇인지 깃대 위로 느릿느릿 기어오르는 것이 보이더니, 이윽고 산들바람결에 펄럭이고 있었다. 그것은 검정 깃발이었다. 드디어 '심판'은 끝났다. ……(중략)……말없이 바라보고 있던 두 사람은, 마치 기도라도 올리는 양 땅 위에 쓰러져 한참 동안 꼼짝도 않고들 있었다. 검정 깃발은 말없이 바람결에 나부끼고만 있었다. 이윽고 기운을 가다듬은 두 사람은 일어서더니, 다시금 서로 손을 잡고 그 자리를 떠났다.

— 토마스 하디의 「테스」

(4) 전환형은 새로운 대상, 이질적인 내용의 제시로 여유와 참신을 노리는 마무리이다.

　　나는 아직도 도스토예프스키의 산맥, 저 아랫자락에서 헤매고 있는 새끼 소설가에 지나지 않는다. 그러나 내 눈길은 구름에 가려 잘 보이지도 않는 그 산꼭대기를 향해, 약한 고개를 추켜들게 한다. 소설가를 꿈꾸는 그대들이여, 당신의 삶의 열정으로 인생의 광맥에 곡괭이를 찍어 보라! 그나마 삶을 사랑하지 않으면 그 행위도 짐짓 사기에 지나지 않을지니.

— 이경자의 「이건 결코 쉽지 않다」

(5) 재강조형은 일종의 '요약형'이고 '재서형'이다 '반복은 강조를
의미한다'는 배경을 갖는다.

　　즉 그녀는 언어의 신을 잠 속이나 꿈속에서도 만나고자, 몽중 노력
까지도 기울이는 것이니, 낮 동안의 처절한 각고는 또 어떻겠는가. 원
고지 한 장을 쓰는 데 한 달도 걸리고 두 달도 걸리는 그 신성한 엄숙
주의, 목숨을 건 혼신의 노력이 없이는 '신기'에 도달할 수도, 한 줄의
좋은 문장을 얻을 수도 없다는 지극한 겸허함이 그녀의 놀라운 문체를
만든 것이라는 것을 느꼈다.
- 김승희의 「문장 수업」에서

(6) 인용형은 유명 인사의 얘기, 명작의 시가, 자기의 시 따위를
인용하면서 마무리되는 기법이다. 인용하는 작품의 암시성이나, 격언,
속담 등의 풍유가 넌지시 에둘러 정곡을 찌를 때는 더없는 효과를 발
휘한다.

　　"늙는다는 것은 나이를 먹는 것이 아니라 야망을 잃는 것이다." 피카
소의 일생을 다룬 영화 〈황소와 비둘기〉의 주연을 맡았던 영화배우 앤
소니 퀸이 남긴 말이다.
- 이광훈의 「50대, 그 쓸쓸한 그 남자」에서

제 11 장
단 락

1. 단락과 문단
2. 단락의 짜임새
3. 단락의 짜임과 단락을 펼치는 방법
4. 단락을 펼치는 원리
5. 단락의 형식과 내용의 일치

1. 단락과 문단

　단락(paragraph) 또는 문단이란 문장들이 모여서 이루어지는 글의 중간 조직체이다. 우리는 앞에서 일상 대화나 편지 또는 수필이나 논문 따위가 많은 문장들이 이어져서 이루어진다 하였다. 그런 글들을 이루는 문장들은 관련 깊은 것들끼리 한데 어울려 작은 조직체를 이루게 마련이다. 곧 문장들은 아무 관계도 없이 따로따로 흩어져 있는 것이 아니고 내용적으로 관계가 있는 문장들끼리 한 묶음씩 작은 조직체를 만들게 된다는 것이다. 이런 문장들의 묶음으로 이루어진 조직체를 우리는 단락 또는 문단이라 부른다.

　민수는 부지런하다. 그는 아침 여섯 시면 어김없이 일어나서 이부자리를 개고 방 안 청소를 한다. 세수를 하고 바깥에 나가서 맑은 공기를 마시면서 맨손 체조를 한참 동안 한다. 이윽고 그는 비를 들고 집 앞 마당과 길을 쓴다. 다시 방 안에 들어 와서는 신문을 읽고 시간이 남으면 어제 읽던 책을 펴 든다. 어머니가 차려 준 아침밥을 먹고는 가방과

전철에서 읽을 책을 가지고 집을 나선다. 이런 아침의 일과만 보아도 그가 부지런한 젊은이라는 것을 알 만하다.

위 글은 모두 7개의 문장들로 짜여진 단락인데 그 문장들은 모두 '민수의 부지런함'을 나타내기 위해서 서로 긴밀하게 결합하여 있다. 단락이란 이렇게 '한 중심 되는 생각'을 나타내기 위해서 유기적으로 짜여지는 한 묶음의 문장들을 가리킨다. 단락이란 결국 한 토막글이다. 그 자체 안에 중심 사상이 있고 그것을 받들어 나타내는 문장들이 모여서 이루는 한 토막의 글이다. 그것이 비록 여느 글처럼 길고 복잡하게 되어 있지는 않지만 그 자체로서 일정한 짜임새를 가진 작은 글인 것이다. 이런 짧은 글도 실제로 쓰이는 수가 있다. 쪽지 글이나 간단한 설명서나 시험 답안지 같은 데서는 한 단락만으로 독립되어 쓸 수가 있다.

그러나 뒤에서 차차 보는 바와 같이 일반 글은 대개 여러 단락들이 모여서 이루어지게 된다. 각기 한 중심 사상을 가진 단락들이 모여서 더 큰 주제를 떠받드는 방식으로 좀 더 긴 일반 글을 이루게 된다는 것이다. 이것은 마치 조직체에서 계나 과와 같은 하부 조직체가 모여 더 큰 조직을 이루는 것과 같은 방식이 된다. 단락들이 한데 어울려 일반 글을 이루는 방식은 뒤에 가서 다루게 될 것이며 그럴 때에는 단락은 '글속의 글'의 특성을 드러내는 것으로 정의가 될 것이다. 다만 여기에서는 단락을 한 독립된 토막글처럼 여기고 그 짜임새나 기능을 살피게 될 것이다.

2. 단락의 찌임새

1) 단락의 구성

    단락은 일반으로 중심 문장과 뒷받침 문장으로 이루어진다. 중심 문장은 한 단락에서 다루어질 내용적 핵심을 나타내는 문장으로서 소주제문(topic sentence)이라고 부른다. 위 보기에서는 맨 처음의 '민수는 부지런하다'라는 문장이 중심 문장 곧 소주제문이다. 이런 소주제문은 대개 한 문장으로 되어 있다. 뒷받침 문장(supporting sentence)은 이 소주제문을 여러 가지로 떠받들어 펼치는 문장들을 말한다. 위 보기에서 중심 문장 밖의 모든 문장들이 뒷받침 문장이다. 이들은 여러 개가 한 묶음이 되어 소주제문을 떠받들어 펼친다. 소주제문을 되도록 자세히 풀이하거나 받쳐 주어야 하기 때문이다.

    단락의 짜임새를 구체적인 실례로 보이면 다음과 같다.

소주제문: 미래를 걱정하는 것은 헛된 일이다.

뒷받침 문장들

ⓐ 왜 때가 되기도 전에 하늘로 날아가는가?

ⓑ 미래를 지나치게 생각하는 사람들은 여러 가지의 괴로운 환상들에 사로잡힌다.

ⓒ 그들은 지구가 저 끔찍한 '버섯구름'으로 덮이고, 방사선으로 얽히며, 인구 폭발로 갈기갈기 파헤쳐질 것 같은 환상을 안고 살아간다.

ⓓ 그들은 스스로의 앞날이 그르쳐질 것으로 상상하기도 하며, 약속 시간이 어긋나지 않을까 미리부터 걱정하기도 한다.

ⓔ 모든 경쟁에서 앞자리를 남에게 **빼앗길** 것을 두려워하기도 하며, 집에
    불이 나서 타 버리면 어쩌나 하고 쓸데없이 걱정하기도 한다.

ⓕ 사랑하고 있는 사람은 실연당할 것을 걱정하고, 심지어는 그의 삶
    전체가 허물어지기라도 할 것처럼 어쩔 줄을 몰라 한다.

ⓖ 이처럼 미래에 초점을 두고 살게 되면 걱정해야 할 재난이 끝이 없다.

ⓗ 더구나 미래에는 우리의 죽음처럼 우리가 미리 조종하거나 손쓸 수
    없는 일들이 많다.

ⓘ 그러니 이런 일들을 미리 걱정한다는 것은 아무 쓸모가 없으며, 오
    히려 삶을 더 망쳐 버릴 뿐이다.

ⓙ 말할 것도 없이 우리의 힘으로 조정할 수 있는 일들도 미래에는 있다.

ⓚ 그러나 그런 일들도 미리부터 앞당겨 걱정하기보다는 현재의 삶에
    최선을 다함으로써 좀 더 잘 해결할 수가 있다.

　　위의 단락은 소주제문을 맨 앞에 보이고, 그것을 11개의 뒷받침
문장들이 떠받들고 있다. 뒷받침 문장 ⓐ는 앞의 소주제를 반문 형식
으로 암시하고 있고, 문장 ⓑ는 미래를 미리 앞당겨 생각하는 것은
여러 가지 환상에 사로잡힌다고 말하고 있고, 그 뒤 ⓒ에서 ⓕ까지의
문장들은 그 보기를 구체적으로 보여 주고 있고, 문장 ⓖ는 문장 ⓑ
의 내용을 다짐하며, 문장 ⑧과 ⓘ는 손쓸 수도 없는 일을 걱정하는
것은 더욱이 소용없는 일이라고 말함으로써 문장 ⓑ 이하에서 뒷받침
한 바를 덧붙여 강화하고 있다. 문장 ⓙ와 ⓚ은 비록 손쓸 수 있는
일들이라도 미리 걱정하는 것보다는 주어진 현실에 충실함이 더 낫다
는 것을 덧붙이고 있다. 이처럼 단락은 소주제문이라는 알맹이와 그
것을 차례로 펼치는 뒷받침 문장들로 이루어지는 것이다.

2) 단락 짜임새의 유형

단락은 소주제문과 뒷받침 문장이 어떤 순서로 어울리느냐에 따라 몇 가지 유형으로 나뉜다. 소주제문을 어느 위치에 두고 뒷받침 문장을 배열하느냐에 따라 단락의 짜임새가 몇 가지로 달라지는 것이다. 이런 위치 관계에 따라 단락은 두괄식, 양괄식, 미괄식, 중괄식 그리고 무괄식의 다섯 가지 유형으로 나누어진다.

(1) 두괄식 단락 [소주제문＋뒷받침 문장들]

두괄식의 단락은 소주제문을 맨 앞에 내걸어 놓고 그것을 떠받드는 뒷받침 문장들을 그 뒤에 늘어놓는 짜임새이다. 첫머리 부분에 단락의 핵심이 놓이고 그 뒤에 그것을 풀이하거나 합리화하는 뒷받침 요소들이 이어지는 꼴이다. 이른바 역피라미드 형식의 짜임새인 것이다. 우리가 이제껏 보기로 들어 왔던 단락은 거의 모두 이러한 두괄식이다.

사람은 누구나 가치를 사랑한다. 가치 곧 진선미를 향해서 우리 마음은 움직이게 마련이다. 아름다운 것, 착한 것 그리고 참된 것을 발견하였을 때에 우리의 마음은 본성적으로 끌리고 세차게 움직인다. 아름다운 꽃이나 그림을 보고 기뻐하지 않은 사람은 드물며, 착한 어린이의 순진한 행동을 보거나 남을 위해서 희생을 하는 이들을 대하고 흐뭇한 마음을 가지지 않는 이는 거의 없다. 누구나 모든 일에서 거짓보다는 참다운 것을 천성적으로 좋아하고, 특히 탐구심이 강한 이들은 진리를 향해서 자기도 모르게 마음이 움직이고 그것을 위해서 자기를 오롯이 바치는 일조차 있다.

전체 내용을 요약한 소주제문이 맨 앞에 제시되어 있다. 그 뒤에는 소주제문이 나타낸 요지('가치의 사랑')를 구체적으로 서술하는 내용이 나타나 있다. 따라서 이 글은 두괄식의 구조를 보이는 것이다. 두괄식의 단락을 이루는 데 유의할 점은 뒷받침 문장 하나 하나를 이어 갈 때마다 앞의 소주제문을 염두에 두어야 한다는 것이다. 이 점을 소홀히 하면 빗나간 뒷받침이 되어 버리고 말기 때문이다. 아래의 보기에 서는 모든 뒷받침 문장들이 첫머리의 소주제문을 구심점으로 하여 배열되어 있어서 착실한 짜임새를 보인다.

(2) 양괄식 단락 [소주제문＋뒷받침 문장들＋소주제문]

양괄식의 단락은 소주제문을 첫머리에 내걸고 그것을 뒷받침한 다음에 마지막에 가서 소주제문을 다시 한 번 되풀이하는 짜임새이다. 이 단락은 실제로 두괄식의 짜임새와 같은 것인데, 끝에 가서 소주제문의 내용이 한 번 더 되풀이된다는 점이 다를 뿐이다. 앞의 예를 양괄식으로 만들어 보면 다음과 같이 될 것이다. 기운 글씨로 쓰인 부분이 뒤쪽에 첨가된 소주제문이다.

사람은 누구나 가치를 사랑한다. 가치 곧 진선미를 향해서 우리 마음은 움직이게 마련이다. 아름다운 것, 착한 것 그리고 참된 것을 발견하였을 때에 우리의 마음은 본성적으로 끌리고 세차게 움직인다. 아름다운 꽃이나 그림을 보고 기뻐하지 않은 사람은 드물며, 착한 어린이의 순진한 행동을 보거나 남을 위해서 희생을 하는 이들을 대하고 흐뭇한 마음을 가지지 않는 이는 거의 없다. 누구나 모든 일에서 거짓보다는 참다운 것을 천성적으로 좋아하고, 특히 탐구심이 강한 이들은 진리를 향해서 자기도 모르게 마음이 움직이고 그것을 위해서 자기를 오롯이 바치는 일조차 있다. 이처럼 사람은 진선미의 가치를 발견하였을 때 그

것을 본성적으로 사랑하는 마음을 가지게 된다.

양괄식을 이루는 데에 주의할 점은 마지막의 소주제문이 첫머리의
소주제문과 내용적으로는 일치하되 그 표현 형식을 달리 하는 점이
다. 만일 앞뒤 소주제문이 내용적으로 다르게 되면 주제 파악에 혼선
을 가져 올 것이므로 특별히 유의해야 한다. 그렇다고 해서 형식까지
똑같은 문장이어서는 꼴이 사나울 것이다. 아래의 예문에서처럼 같은
내용의 소주제이지만 얼마쯤 다른 표현을 써야 한다.

(3) 미괄식 단락 [뒷받침문장들＋소주제문]

미괄식 단락은 뒷받침 문장들이 앞에 놓이고 소주제문은 맨 끝에
제시 된다. 소주제문의 위치로만 보면 두괄식과 반대의 짜임새이다.
앞부분에서는 소주제문 대신에 그것을 이끌어 내기 위한 구체적인 서
술이 이루어진다. 소주제문을 맨 마지막에 드러내기 위해서 그 전제
적인 서술을 앞부분에서 하는 것이다.

우리 사회에서는 남의 애를 칭찬하는 말로서, "그놈 대통령감이다."
"그 놈 장군감이다."는 말을 흔히 쓴다. 이런 말은 그 애 부모의 마음을
흡족하게 해 주는 말인지도 모른다. 아니, 이것은 모든 부모들이 자기
자식에게 거는 꿈인지도 모르겠다. 이 꿈 뒤에 서려있는 것은 이조 오
백 년 동안 맺쳐왔던 모든 백성들의 꿈을 표현한 것이 아닐까 한다. 입
신양명(立身揚名)하는 것은 과거에 급제하는 것이고, 과거에 급제한다
는 것은 관리가 되는 것이고, 관리가 되는 것은 곧 일반 서민을 지배하
는 계급이 되는 것을 의미하는 것이다. 이렇게 보면 모든 백성들의 꿈
이란 남보다 나은 지위에 오르는 것으로 요약할 수 있다. 이런 꿈은 모
든 백성들이 가지고 있을 때 결과적으로 예상되는 것은 권력 투쟁이다.

죽고 죽이고 유배당하는 이조의 피비린내 나는 당쟁이 그것을 실증한
다. 우리 사회의 뿌리깊은 권력 지향의 꿈은 언제나 정치적 비극의 불
씨가 되어 왔다.

- 김상태의 「꿈」에서

일반으로 미괄식 단락은 두괄식과는 다른 효과가 있다. 두괄식은
소주제문이 맨 앞에 놓여 있어서 단락의 요지 파악에는 간명한 점이
있다. 그렇지만 속이 처음부터 너무 빤히 드러나는 면이 있다. 이와
는 달리 미괄식 단락은 소주제문을 이끌어 내는 과정을 점층적으로
거친 다음에 마지막으로 소주제를 극적으로 드러내는 효과가 있다.
그러나 미괄식 단락을 이루는 데는 상당한 글솜씨의 숙달이 필요하
다. 소주제를 마지막에 제시하고 앞에서는 그것을 이끌어 내기 위한
서술을 하기 때문에 자칫하면 옆길로 빗나갈 가능성이 높다. 또 뒷받
침 문장의 배열에서도 두괄식에 비하여 어려움이 있다. 목표점을 뒤
에 두고 뒷걸음질치는 것처럼 그 배열이 부자연스러울 가능성이 있는
것이다. 따라서 글쓰기의 초보자는 처음부터 미괄식 단락을 시도하기
보다는 두괄식이나 양괄식을 익힌 다음에 써 버릇하는 것이 좋을 것이
다. 더구나, 그 요지를 선명하게 드러내야 할 설명문이나 논술문 따위
에서는 미괄식 단락을 많이 쓰는 것은 바람직스럽지 않은 면도 있다.

(4) 중괄식 단락 [뒷받침 문장＋소주제문＋뒷받침 문장]

중괄식의 단락은 소주제문이 그 중간에 놓여 있고 앞부분과 뒷부분
에 뒷받침 문장이 나뉘어 있는 짜임새이다. 앞부분에서 얼마쯤 서술
을 한 다음에 소주제문을 보여 주고 그 뒤에 다시 보충적인 서술을
하는 방식이 중괄식이다.

가치 곧 신선비를 향해서 우리 마음은 움직이게 마련이다. 아름다운
것, 착한 것 그리고 참된 것을 발견하였을 때에 우리의 마음은 본성적
으로 끌리고 세차게 움직인다. 이처럼 사람은 누구나 가치를 사랑한다.
아름다운 꽃이나 그림을 보고 기뻐하지 않은 사람은 드물며, 착한 어린
이의 순진한 행동을 보거나 남을 위해서 희생을 하는 이들을 대하고 흐
뭇한 마음을 가지지 않는 이는 거의 없다. 누구나 모든 일에서 거짓보
다는 참다운 것을 천성적으로 좋아하고, 특히 탐구심이 강한 이들은 진
리를 향해서 자기도 모르게 마음이 움직이고 그것을 위해서 자기를 오
롯이 바치는 일조차 있다.

중괄식은 소주제가 단락의 중간에 묻혀 잘 드러나지 않는 흠이 있
다. 단락을 형성하는 과정에서는 편한 점이 있으나, 읽는 사람으로서
볼 때는 그 요지 파악이 힘들고, 전달 효과가 약화되기 쉽다. 일반으
로 독자의 관심이 집중되는 것은 단락의 첫머리와 끝 부분이기 때문
에 글 중간에 들어 있는 소주제문은 잘 드러나기 어려운 것이다. 이
런 점에서 중괄식 단락은 되도록 삼가는 것이 좋다.

(5) 무괄식의 단락 [소주제문이 겉으로 안 나타남]

무괄식 단락은 소주제문이 표면화되지 않고 뒷받침 문장들만 나
열되는 것이다. 일반으로 단락은 소주제를 전개하는 것이 목표이므
로, 이 경우에도 소주제문은 있게 마련이고 또 그것이 뒷받침되어
드러나야 하는 점은 마찬가지이다. 다만 무괄식에서는 그것이 단락
의 표면 문장으로 나타나 있지 않고 잠재되어 있다는 점이 다를 뿐
이다. 이런 무괄식의 단락은 두괄식이나 미괄식에서 겉으로 나타난
소주제문을 제외하고 뒷받침 문장들만 순리적으로 늘어놓은 경우라
고 할 수가 있다.

무괄식 단락에서는 소주제문이 표면에 안 나타나더라도 독자가 그 것을 쉽사리 파악할 수 있어야 한다. 위의 보기에서처럼 그 단락을 읽고 나면 누구나 소주제문이 무엇인지를 이해할 수 있도록 되어야 한다는 것이다. 그렇지 못하면 소주제가 잘 전개되지 못한 단락이라 할 수밖에 없다. 무괄식에서는 특히 이 점을 유의해서 소주제를 누구 나 쉽사리 파악할 수 있게 서술하여야 한다. 무괄식 단락을 처음 익 히고자 할 때는 소주제문을 따로 써 두고 두괄식 단락의 경우처럼 전 개해 나가는 것이 한 방법일 것이다.

예) (소주제문: 신식 며느리는 시골 시부모를 아랑곳하지 않는 일이 있다.)
　　내가 아는 사람 가운데 균할머니로 통하는 분이 있다. 가난한 농 사꾼의 몸으로 아들을 잘 가르쳐서 고시 패스까지 시켜 그 아들로 하여금 서울에서 호화 주택에 자가용까지 놓고 살기에 이르도록 하 였다고 한다. 부잣집 따님을 며느리로 맞이한 덕분이기도 했으리 라. 어느 날 금이야 옥이야 하는 손자놈의 돌을 맞아 늙은 내외분 이 나의 어머니처럼 보퉁이를 들고 아들네 집을 찾아갔다고 한다. 행여나 옷에서 먼지라도 떨어지면 어쩔까 싶어 숨을 죽이며 발을 옮겨 딛어야 할 저택, 늙은이들의 어깨가 얼마나 으쓱했을까. 아장 아장 손자놈이 걸어 나왔다. 얼마나 보고 싶던 핏덩이인가. 무심결 에 "아이쿠 내 새끼야" 외치는 소리에 앞서 어느덧 손자는 할머니 의 품속에 안겨 있었다. 뒤늦게 나오다가 이를 본 며느리가 질겁을 했다. 시부모님께 대한 인사는 저만두고 "저런 균이 옮으면 어쩔라 고" 신경질을 부리며 아기를 빼앗아 가더라는 것이다. '닭 쫓던 개' 란 이를 두고 한 말이렸다.
　　　　　　　　　　　　　　　　　　　　－문도채의 「균할머니」에서

위 글은 소주제문이 표면에 안 나타나 있더라도 누구나 그것을 짐작

할 수가 있다. 무괄식은 이렇게 소수제문을 잠새시켜서 독자로 하여금 스스로 알아서 파악하도록 하는 것이다. 무괄식 단락은 문예 작품 등에서 많이 쓰이지만 일반 설명문이나 논술문 등에서는 그렇게 바람직스럽지 않다. 그것은 아무래도 소주제가 뚜렷이 드러나지 않는 경향이 있기 때문이다. 더구나 글을 처음 쓰는 이들로서는 제대로 된 무괄식 단락을 이루기가 쉽지 않다. 실제로, 무괄식 단락을 이루는 데는 상당한 글솜씨가 갖추어져야 한다. 소주제문을 겉으로 드러내지 않고도 누구나 잘 파악할 수 있게 글을 엮어 가야 하는 까닭이다. 따라서 글솜씨를 처음 가다듬는 이는 무괄식 단락의 형성법은 뒤로 미루고 그 기초가 되는 두괄식 단락을 이루는 법을 충분히 익혀두는 것이 현명하다.

3. 단락의 짜임과 단락을 펼치는 방법

단락을 펼치는 방법은 크게 4가지로 나누어 볼 수가 있다. 서사법, 기술법, 설명법, 논술법 등 네 가지가 단락을 전개하는 기본 방법이 된다. 각 단락의 소주제는 이 네 전개법의 하나나 둘 또는 그것들을 어울러서 펼치게 된다.

1) 서사법

서사법(narration)이란 행동이나 사건을 이야기하는 법을 말한

다. 사물이 시간적으로 움직이거나 진행되는 과정을 적어서 나타내는
것이 서사법이다. 누가 어떻게 하느냐, 무엇이 어떻게 움직이느냐,
그 사건이 어떻게 진행되느냐 하는 것을 시간적인 순서에 따라 적어
나타내는 것이 서사법이다. 그래서 서사법은 '이야기법'이라 하는 수
도 있다.

> 나는 아주 어릴 적에 작은 시골 마을에서 살았다. 저녁이면 멀리 나
> 뭇잎 타는 연기들이 피어오르고 나는 그 향긋한 냄새를 맡으며 집으로
> 돌아오곤 했다. 그 무렵 나는 매일 엄마를 따라 냇가에서 작은 수건을
> 빨았다. 식구는 많았지만 나와 같이 놀아 줄 또래는 없었다. 동생 하나
> 만 낳아 달라고 엄마를 졸랐었다. 그런 내게 할아버지께선 눈이 체리처
> 럼 빨갛고 흰털이 솜사탕처럼 보실보실 붙어있는 토끼를 안겨 주셨다.
> 그때부터 왕눈이(토끼)는 내 동생이 되었다. 학교에 가기 전까진 내 띠
> 는 토끼라고 생각했었다. 손님이 오셔서 내 나이를 물으면 "토끼띠죠"
> 하며 할아버지 무릎에 안기곤 했었다. 나는 할아버지가 제일 좋았다.
> - 권수영의 「할아버지의 선물」 중에서

이렇게 자기가 한 행동이나 겪은 일을 그 일어난 시간 순서에 따
라 이야기하는 것이 서사법이다. 우리는 누구나 이야기를 하기 좋아
하는데 그런 이야기를 가다듬어 글로 적으면 서사법의 글이 된다. 우
리가 흔히 읽는 소설은 거의가 서사법으로 이루어진다.

2) 기술법

기술법(記述法＝description)이란 정지 상태에 있는 대상을 있는

그대로 적어서 나타내는 것이다. 성시 상태에 있는 대상이란 시간에 따라 변화하는 사건이나 행동이 아니라 일정한 자리에 움직이지 않고 놓여 있는 사물을 가리킨다. 이런 정지된 사물을 대상으로 한다는 점에서 기술법은 앞에서 말한 서술법과는 다르다. 또 기술법은 필자가 알고 있는 지식으로 풀이하는 것이 아니라 그 겉모양이나 빛깔 또는 외형적 구조나 특징을 객관적인 관점에서 글로 적어 보여 주는 것이라는 점에서 뒤에서 말하는 설명법과도 다르다.

기술법은 본디 사물의 크기나 모습 따위를 자 같은 것으로 재거나 세밀히 관찰하여 글로 기록하여 보여 주는 것이다. 이를테면, 여기에 한 책상이 있다고 한다면, 그 책상의 크기, 모습, 빛깔, 구조 따위를 객관적인 관점에서 모습 그대로 글로 나타내 보이는 것이 기술법이다.

이 탁자는 타원형으로 생겼는데 가로는 2미터 정도이고 세로는 1미터가 조금 넘어 보인다. 그 위에는 5미리의 유리가 깔려 있다. 또 한복판에는 라일락꽃이 꽂힌 화병이 놓여 있으며 바로 옆에는 과자 그릇이 보인다. 탁자 둘레에는 6개의 의자가 늘어 있다.

이처럼 사물의 크기나 모습 등을 수치 따위로 기록하여 보여 주는 것이 본래의 기술법이며 이런 기술법은 '실제적 기술법' 또는 '실용적 기술법'이라 부르기도 한다.

3) 설명법

설명법(exposition)은 사물에 관해서 알기 쉽게 풀이하는 법이다.

이를테면, '무엇이냐?', '어떤 뜻이냐?', '어떤 성질이냐?' 하는 따위의 물음에 대답하는 것이 설명법이다. 설명법은 한 마디로 독자의 의문이나 궁금증을 풀어 주고 독자의 이해를 돕는 서술법이다. 설명법은 대개 소주제나 그것과 관련된 사항을 풀이하게 된다. 다음 보기에서처럼 소주제문에 나오는 주요 낱말의 뜻매김을 하는 것이 기본적인 설명법의 한 가지이다.

산에는 '자연'이라는 큰스승이 살고 있다. 거기엔 상록수도 있고 활엽수도 있다. 그늘에 못견디는 소나무 같은 양수가 있는가 하면 솔 그늘에서만 사는 송이 같은 음식물도 있고, 아예 큰 나무숲 그늘이 아니면 맥도 못 추는 삿갓나물 같은 식물들도 부지기수다. 이렇게 다양한 온갖 것들이 우주의 질서를 따라 살면서 저들 나름으로 조화를 이룬다. 그것으로써 산을 찾는 이들에게 무언의 가르침을 꾸준히 베풀고 있다.
― 이삼우의 「자연이라는 스승」에서

위 글은 첫 문장에 나온 소주제 "'자연'이라는 스승"을 필자 나름으로 풀이하고 있다. 곧 이 필자는 산에 있는 자연의 식물들이 '조화'를 이루어 우리에게 가르침을 준다고 보고 그 점을 독자에게 이해시키려 하고 있다. 설명법이란 이처럼 사물을 자기 나름대로 해석하고 풀이하는 것이다. 그러한 풀이는 관점이나 견해에 따라 얼마든지 달라질 수가 있다. 같은 '산'이라도 필자의 관점이나 견해에 따라 각기 다른 설명이 가능하기 때문이다. 이런 설명법은 여러 가지 설명문을 짓는 데 주로 쓰인다. 각종 교육 목적의 글, 신문 잡지 등의 해설 기사, 사전 등의 뜻풀이, 일반 사람들에 대한 계몽적인 글, 물품의 용도나 기계 등을 다루는 법을 소개한 설명서들은 대부분 설명문의 테두리에 든다. 이런 설명문은 기본적으로 설명법으로 이루어진다. 그 밖의 다른 종류의 글에서도 해설이 필요한 부분에는 설명법이 쓰인다.

4) 논술법

논술법(argument)은 어떤 문제에 대하여 자기 나름의 견해나 주장을 내세우고 합리적으로 뒷받침하는 것이다. 설명법이 문제를 풀이하여 독자를 이해시키는 것이라면, 논술법은 자신의 독자적인 견해에 대하여 근거를 밝혀 독자를 설득시키는 것이다. 예를 들어, "종교"에 관해서 글을 쓴다고 하자. 설명법은 종교란 어떤 것이며, 어떤 종교들이 있으며, 종교는 어떻게 믿는 것인가를 풀이하여 독자를 이해시키는 데 주목적을 둔다. 이와는 달리, 논술법에서는 그러한 해설에 그치지 않고 "사람은 왜 종교를 믿어야 하는가," "종교를 믿는 것이 바람직하다," "종교는 믿을 만한 가치가 있다" 따위와 같이 자기 나름의 견해를 내세우고 그 근거를 조리 있게 밝혀 줌으로써 독자를 납득시키거나 자기의 견해에 따라 움직이게 하는 것이다.

> <u>모든 생명체는 자연의 품속이 아니면 살 수가 없다. 자연은 모든 생명체가 사는 땅, 마시는 물, 숨쉬는 맑은 공기의 원천이다.</u> 이것이 없다고 해 보라. 어떤 생명체가 어디서 어떻게 살겠는가? <u>우리 인간은 가장 민감한 생명체다.</u> 어떤 생명체보다도 고귀한 만물의 영장이라고 자부하는 것이 인간이다. 그러므로 우리는 자연의 품속이 아니면 한시도 살 수가 없다. 우리는 자연이라는 터전이 아니면 처음부터 존재할 수가 없는 것이다.

위의 예는 맨 앞의 밑줄 친 문장을 대전제로 하고 그 뒤의 밑줄 친 문장을 소전제로 삼아 "그러므로"로 시작되는 문장 곧 자기의 새로운 주장을 내세우는 논술법을 보인다. (그 밖의 문장들은 각기 전제나 결론을 부연하는 설명문이다.) 이렇게 일반으로 인정되는 전제를 바탕으로 자기의 주장을 합리적으로 이끌어 내서 독자를 조리 있게 설득하는 것이 논술법의 단락이다.

4. 단락을 펼치는 원리

단락이란 소주제와 그것을 구체적으로 펼치고 떠받드는 뒷받침 문장들로 이루어지며, 그 소주제는 글 전체 주제의 일부를 이루는 요소라 하였다. 또, 글은 이런 단락들이 차례로 엮어져서 이루어진다는 것도 알게 되었다. 따라서 하나하나의 단락을 이루어 가는 것은 한 편의 글을 써 가는 필수 과정이 된다. 우리가 단락을 이루는 문제에 대하여 강조하는 것은 바로 이 때문이다.

충실하고 알찬 단락을 이루려면 그 기본 원리를 먼저 알아야 한다. 무릇 모든 일을 효과적으로 이루기 위해서는 그 근본 원리나 원칙을 알고 따라야 하듯이, 단락을 작성하는 데도 전통적으로 알려져 있는 기본 원리를 익혀 두어야 한다. 이런 원리는 선인들이 미리 개척해서 다져 놓은 길과도 같이 글 쓰는 이를 바로 이끌어 가는 구실을 한다. 이런 길잡이로서의 원리는 모든 글짓기에 적용되는 기본 지침이지만 특히 단락을 구성하고 펼치는 데는 필수적인 열쇠라 할 수 있다. 따라서 이런 원리를 익혀서 충실한 단락 형성을 하도록 힘써야만 한다.

우리의 많은 글에서는 이런 기본 원리가 제대로 지켜지지 않고 있어서 글의 짜임새와 내용에 허술한 데가 발견된다. 이런 기본 원리를 모르고 쓰는 단락들이 너무나 많아서 제대로 된 단락이 보기 힘들 정도이다. 우리는 그런 잘못을 저지르지 않고 글짓기의 바른 길에 들어서기 위해서 이 기본 원리를 제일 먼저 알고 터득할 필요가 있다. 단락 전개의 기본 원리는 다음의 3가지이다. 이는 수사학의 3대 원리로 알려진 것으로서 우리가 꼭 알고 익혀서 활용해야 하는 길잡이다.

글의 전개 원리
　　통일성의 원리 – 주제 / 소주제와 뒷받침 문장의 내용적 일치
　　연결성의 원리 – 뒷받침 문장들의 순리적인 배열
　　강조성의 원리 – 주제 / 소주제의 충분한 뒷받침

이 3가지 원리는 서로 보완해서 단락의 소주제를 뚜렷하게 드러내어 알찬 글을 만드는 기본 지침이 된다. 한 가지라도 잘 지켜지지 않으면 소주제가 잘 드러나지 않게 되며 따라서 허술한 단락이 되어 버린다. 따라서 이 원리의 바른 뜻을 알고 그것을 활용하는 요령을 철저히 익히는 것은 글쓰기의 기본기를 튼튼히 다지는 일이 된다.

1) 통일성의 원리

　　돼지는 후각이 빼어나게 발달되어 있다. 멧돼지는 몇십 리 밖에 있는 포수의 화약 냄새를 맡고 일찌감치 도망해 버릴 정도로 후각이 발달되어 있다. 집돼지도 마찬가지로 냄새 맡는 기능이 매우 발달되어 있다. 예를 들면, 제 새끼와 다른 새끼를 구별하는 데나, 주인과 남을 구별하

는 데에 주로 후각을 사용한다. 다른 동물이 침입했는지, 먹이가 들어
왔는지를 알아차리는 데도 주로 후각을 이용한다. 발정 시기에 암, 수
돼지가 서로 접근하는 것도 주로 냄새 맡는 기능에 의한다.

- 윤화중의 「돼지의 신세」에서

통일성(unity)의 원리란 주제와 그 뒷받침 서술이 내용 면에서 하
나가 되어야 한다는 것이다. 소주제가 나타내는 바와 그 뒤의 서술
내용이 결국 같은 내용의 것이어야 한다는 것이다. 소주제가 '스승의
은혜'라 하면 그 뒤에 그것을 풀이하고 뒷받침한 문장들이 나타내는
것도 결국 '스승의 은혜'와 관련된 것이어야 한다는 것이다. 만일 뒤
의 서술 내용에 그렇지 못한 내용이 나타나면 통일성이 깨뜨려지고
말며, 결국 그 소주제는 잘 드러나지 못하게 된다. 그것을 떠받드는
힘이 분산되어 약화되어 버리기 때문이다.

둘째로, 소주제는 되도록 단일 개념으로 정하여야 통일성을 이루기
가 쉽다. 가령, 소주제를 '그리움과 한(恨)'과 같이 복합 개념으로 정
하는 것보다는 '그리움' 또는 '한'과 같이 단일 개념으로 정해서 다루
는 것이 통일성을 이루기가 쉬운 것이다. 두 개념보다는 한 개념에
초점을 맞추는 것이 집중력이 훨씬 강하기 때문이다.

셋째로, 목표하는 소주제만을 집중적으로 뒷받침해야 한다. 소주제를 확
실하게 부각시킬 수 있는 내용의 문장들만을 이어 놓아야 한다는 것이다.

2) 연결성의 원리

연결성(coherence)의 원리란 소주제를 떠받드는 문장들을 순리적

으로 배열하여야 한다는 것이다. 소주제를 서술하는 재료 곧 뒷받친 문장들을 자연스럽고 이치에 맞게 늘어놓아야 한다는 것이다. 앞에서 말한 통일성의 원리가 소주제와 내용적으로 일치되는 문장들만을 골라야 한다는 선택의 원리라면, 연결성의 원리는 선택된 뒷받침 문장들을 알맞게 늘어놓아야 한다는 배열의 원리이다.

연결성의 원리는 시간성과 공간성, 논리성의 순서에 의해 다음 3가지 방식으로 나누어 볼 수 있다.

(1) 시간적 순서에 따른 배열

우리의 행동이나 사건을 서술할 때 곧 사물의 움직이는 과정을 나타날 때는 시간적 순서에 따라 이야기하는 것이 보통이다. 이를테면,

> 그 두 사람이 씨름을 했다. 그들은 겉옷을 벗어붙이고 샅바를 맸다. 둘이는 무릎을 꿇고 앉아서 똑같은 모양으로 두 손을 가지고 샅바를 손으로 감아 잡았다. 드디어 천천히 버티며 일어나더니 심판이 손을 떼자마자 검은 샅바의 선수가 들어치기로 상대방을 단숨에 넘어뜨렸다.

에서 보는 바와 같이 두 선수의 동작을 시간적 순서에 따라 차례로 이야기하고 있다. 이렇게 시간에 따라 움직이는 모습을 적어 가면 자연스러운 연결이 된다. 그러나 만일 먼저 한 행동과 나중 행동의 순서를 바꾸면 자연스런 연결이 안 된다. 가령, "샅바를 잡고 겉옷을 벗어 붙이고"라고 한다든지, "들어치기로 한 판을 따내자 심판이 손을 뗐다"라고 하면 시간적 순서에 어긋나므로 이상한 이야기가 되어 버리는 것이다.

(2) 공간적 순서에 따른 배열

공간적 순서에 따른 배열이란 일정 공간에 고정되어 있는 사물의 모습을 자세히 나타낼 때 쓰인다. 자연의 풍경, 사물의 겉모습, 얼굴의 생김새 따위에 대하여 있는 그대로 그려내는 기술문이나 묘사문을 쓸 때 등에 적용되는 것이 이 공간적 순서에 따른 배열이다. 시간적 순서에 따른 배열이 움직이는 사물에 적용되는 것이라면, 공간적 순서에 따른 배열은 움직이지 않고 정지되어 있는 사물에 대하여 기술할 때 쓰이는 것이다.

다음 보기는 첫눈이 온 광경을 공간적 순서로 묘사한 글이다.

> 와우산에 첫눈이 왔다. 기다란, 흰 수염 휘날리는 와우산 소나무가 서있고 하늘에는 달이 환하고 엷은 구름이 떠있다. 하늘을 반넘어 차지한 엷은 구름도 달빛을 받아 눈같이 희다. 강 건너 사장(沙場) 위에도 눈이요 멀리 희미하게 보이는 관악(冠岳)에도 눈이다. 촌설(寸雪)도 못 되는 적은 눈이나 눈이 몹시 부시다.
>
> — 이양하의 「조그만 기쁨」에서

위에서 보듯이 공간적 순서에 따른 글에서는 위, 아래, 멀리, 가까이 따위의 방향에 따라 그 모습을 그리듯이 적어 간다. 그래야만 독자가 글로 나타내는 모습을 직접 보는 듯이 떠올릴 수 있다.

특히 그 모습을 그려 갈 때는 한 번 정한 방향을 일관성 있게 지켜야 한다. 가령, 그 방향을 윗쪽에서부터 아랫쪽으로 가도록 정했으면 끝까지 그대로 따라야 하며, 반대로 아랫쪽에서 윗쪽으로 치올라가도록 정했으면 그대로 일관해야 한다는 것이다. 도중에 그 방향을 바꾸어 왔다 갔다 해서는 안 된다. 왼쪽에서부터 바른쪽으로 또는 바른쪽에서부터 왼쪽으로 방향을 잡았을 때도 마찬가지로 그 방향을 일관성 있게 따라야 한다. 또 먼 데서부터 가까이 또는 가까운 데서 먼 데로 나가면서 그릴 경우에도 처음에 정한 방향을 지켜야 한다. 그렇지 않고 도중에 그 순서를 갑자기 바꾸면 독자가 그 모습을 떠올리는 데 혼란을 일으킨다.

(3) 논리적 순서에 따른 배열

논리적 순서에 따른 배열이란 시간적 순서와 공간적 순서에 따른 배열 이외의 모든 경우를 말한다. 움직이는 사건이나 겉으로 드러난 모양을 나타내는 경우가 아니고, 추상적인 생각이나 뜻을 나타내는 경우는 모두 논리적 순서에 따르게 된다. 가령, 낱말의 뜻을 풀이한다든지, 사물의 성질이나 기능을 설명한다든지, 일이 일어난 원인이나 결과를 밝힌다든지, 우리의 의견이나 주장을 나타낸다든지 할 때 쓰이는 것이 논리적 순서에 따른 배열이다.

여기서 "논리적 배열"이란 말과 말 또는 문장과 문장을 연결할 때 이치에 어긋나지 않고 순리대로 이어 간다는 뜻이다. 앞뒤 말이나 문장의 뜻이 서로 어긋나거나 모순됨이 없이 뜻을 펴 가는 것이 논리적 순서에 따른 배열이다. 가령,

- 글이라는 것은 말을 글자로 적은 것이다. 그러므로 말과 글은 본질적으로 같은 것이고 그 표현 형식이 다를 뿐이다.
- 글이라는 것은 말보다 더 중요하다. 그러므로 사람은 글보다는 말을 중요시한다.

앞의 두 문장은 각기 이치에 맞는 내용일 뿐 아니라 서로 순리적으로 연결되었다. 그래서 누구나 이 두 문장의 연결은 거슬림 없이 읽는다.

그러나 두 번째 예의 두 문장은 각기 이상할 뿐 아니라 서로 연결하면 더욱 이치에 안 맞는다. 그래서 이런 문장의 연결은 자연스럽게 받아들여지지 않는다. 논리적 순서에 따른 배열은 두 번째와 같은 방식을 배제하고 첫 번째와 같이 이치에 어긋남이 없이 이어가는 것을 말한다.

요컨대, 논리적 순서에 따른 배열이란 앞 뒤의 문장이 내용적으로 모순 없이 순리적으로 이어지는 것을 말한다.

3) 강조의 원리

강조(emphasis)의 원리란 글의 주제 또는 소주제에 대한 서술을 두드러지게 해야 한다는 것이다. 독자가 그 글의 요점을 인상 깊게 받아들이고 충분히 이해하고 납득할 수 있도록 주제나 소주제를 강도 높게 드러내도록 해야 한다는 것이다. 우리가 말을 할 때에도 어떤 중요한 점에 대해서는 어조를 높인다든지, 되풀이해서 말한다든지 해서 강조하듯이, 글의 경우에도 그러한 강조의 서술이 필요하게 된다. 만일 글의 모든 부분이 평탄하게 서술되면 필자가 나타내고자 하는 글의 핵심이 잘 드러나지 않을 뿐 아니라, 글의 전체 흐름이 단조로워질 수가 있다. 주제 또는 소주제는 통일성과 연결성을 가지고 서술한다 할지라도 독자가 그 내용을 확고히 파악하고 그 중요성을 충분히 인식하지 못한다면 글의 목적을 제대로 이루지 못할 것이다. 따라서 글짓기에서 적절한 강조 효과를 내도록 하는 것은 필수 요건 가운데 하나이다.

강조의 효과를 내는 방식은 대개 3가지로 나누어 볼 수가 있다.

(1) 서술 내용에 의한 강조,

(2) 위치에 의한 강소, 그리고

(3) 표현 기교에 의한 강조가 그것이다.

이 방식들은 글 전체와 단락의 경우에 다 적용되나 여기서는 단락의 경우를 중점적으로 살펴보고 그 요령을 익히도록 한다.

(1) 서술 내용에 의한 강조법

서술 내용에 의한 강조란 소주제 또는 그것과 관련된 사항에 대해서는 그 중요도에 따라 되도록 상세하고 알차게 뒷받침하는 것을 말한다. 중요한 사항에 대해서는 되도록 충분한 서술을 해서 독자의 관심을 오래 붙잡아 두고 납득을 시키는 강조법이다. 이런 충분한 뒷받침의 필요성에 관해서는 앞에서 여러 번 지적한 바 있지만, 이것이 가장 중요한 강조법이다. 주제 또는 소주제에 대하여 충분한 설명을 한다든지, 타당성 있는 이유나 증거를 알맞게 보여 주어서 독자가 잘 납득할 수 있게 해야만 한다.

다음 글은 첫 문장에 나타난 소주제문의 뒷받침 내용이 상당한 강조성을 드러낸다. 구체적인 사례를 들고 자세한 설명을 해서 독자를 납득시키는 강조 효과가 엿보인다.

우리 가정에서는 사고력을 기르기보다는 억누르는 일이 많다. 아이들의 사고력을 기르는 일을 의식적으로 시도하는 부모는커녕 사고력의 싹을 오히려 짓밟아 버리는 일이 흔히 있다. 가령, 어린이들이 어떤 문제를 생각하다가 모르는 일이 있어서 물어 왔을 때 그런 사고력을 북돋아 주고자 친절히 대답하고 격려하는 부모는 매우 드물다. "엄마, 이건 왜 그래?", "왜 우리는 잘 못 사는거야?" 따위의 질문을 하는 어린이가 있다 할 적에 과연 그것을 성의껏 대답하고 납득시키는 부모가 몇이나 될까? 오히려 "그건 너는 몰라도 돼.", "어서 공부나 해." 하는 식으로 윽박지르는 일이 더 많은 실정이다. 우리는 서양 영화나 TV 화면 등에서 어린이가 어른들의 대화에 끼어드는 것을 가끔 본다. 그런 경우에 아무리 그 아이가 어릴지라도 어른의 의견과 마찬가지로 대꾸해 주고 사소한 물음도 대견스럽게 여기고 응답하며 대화에 한몫을 하게 한다. 이는 우리의 경우와 퍽 대조되는 면이 아닌가 한다. 우리의 전통적 가정에서는 어린이의 말참견은 용인되지 않는 것이 관례로 되어 있다. 또 꼬치꼬치 묻는 아이들을 곱게 보지 않는 풍조조차 있었던 것이다. 이런 우리의 전통적 가정 분위기 속에서는 어린이들의 사고력이 꽃피기는커녕 오히려 시들어 버리고 말 것이 뻔하다.

이렇게 독자를 납득시킬 수 있는 뒷받침 내용을 되도록 자세히 제시하는 것이 분량에 따른 강조법이다.

(2) 위치에 의한 강조법

위치에 의한 강조법이란 글의 중요한 부분은 되도록 독자의 관심이 많이 집중되는 자리에 두는 것을 말한다. 단락의 경우로 말하면 그 소주제나 그것과 관련된 중요한 내용은 독자의 관심이 모아질 수 있는 자리에 놓아둠으로써 강조의 효과를 높이게 된다.

일반으로 단락의 첫머리는 강조 효과가 가장 큰 자리이다. 이 첫머리는 제일 먼저 독자의 시선을 받으며 심리적으로 긴장된 기대감을 불러일으키는 자리이다. 따라서 단락의 소주제문이나 그와 관련된 사항은 이 첫자리에 두면 강조 효과를 높일 수 있다. 두괄식 단락은 바로 이런 강조 효과를 내고 있는 것이다.

단락의 끝 부분도 역시 상소 효과가 근 곳이다. 이 마지막 부분은 독사의 눈이 뗄이지기 직전이므로 신리적으로 긴장되어 있으며, 관심의 집중도가 높다. 또한 이 부분에서 읽기를 마친 내용은 독자에게 여운을 남겨서 오래 기억되는 효과도 따른다. 미괄식의 단락은 이런 점에서 강조 효과를 보이고 있다.

첫머리와 끝 부분을 함께 활용하는 것은 그 강조 효과를 가장 크게 하는 방법이 될 것이다. 앞에서 말한 양괄식은 그 보기가 된다. 이런 양괄식이 소주제를 가장 강력히 돋보이게 하는 것은 강조성이 강한 첫머리와 마지막 부분에 그것이 놓이기 때문이다.

여기서 유의할 일은 이런 위치에 의한 강조법만으로는 충분치 못하다는 점이다. 소주제문이나 그밖의 중요한 문장을 첫머리나 끝자리에 가져다 놓는다 할지라도 그것을 충분히 떠받들어 서술하지 않으면 강조 효과는 기대할 수 없다. 다시 말하면 위치에 의한 강조법은 단락의 요지 파악에 도움을 주기는 하지만 그것만으로 독자의 이해와 납득을 얻기 어렵고 반드시 거기에 상응한 내용적 강조 곧 충분한 뒷받침이 따라야 한다는 것이다.

(3) 표현 기교에 의한 강조법

표현 기교에 의한 강조법은 반복법과 과장법이 대표적이며, 그 밖에 도치법, 열거법, 점층법 등도 가끔 쓰인다. 여기서는 반복법과 과장법을 주로 다루고 그 밖의 것은 간단히 언급만 하기로 한다. 산문에서는 앞의 2가지가 주로 쓰이기 때문이다.

(4) 반복법에 의한 강조

반복법은 다음과 같이 어구나 문장들을 반복 나열하거나 의미적인 면에서의 풀이를 덧붙이는 것이다.

- 크고 크신 은혜, 곱디 고운 얼굴, 좁디 좁은 길, 기나긴 여정, 차디찬 표정
- 저기 저기 저 가을 꽃자리, 걸어도 걸어도 끝이 없는 길, 보고 또 봐도 예쁘다.
- 님은 갔습니다. 사랑하는 나의 님은 갔습니다.
- 세월이 흘렀습니다. 어느새 유수와 같은 세월이 흘러갔습니다.
- 천릿길도 발밑의 첫 발자국에서부터 시작한다. 곧, 한 발자국 한 발자국이 수없이 쌓여서 십 리가 되고 백 리가 되고 천 리가 되는 것이다.
- 행복은 흐뭇한 정신적 만족감이다. 곧 마음속에 조금도 결핍감이나 부족함을 느끼지 않는 충족된 심리 상태다. 바꾸어 말하면 지금 상태가 언제까지나 계속 되어 주었으면 하고 바라는 흡족한 감정이다.

위의 예에서 첫 행과 두 번째 행의 것은 어구의 반복이고 세 번째의 것은 문장이 반복된 경우이다. 그 나머지는 의미적인 면에서의 다시 풀이하여 강조하고 있다. 특히 다섯 번째와 같은 경우에는 그러한 되풀이 방식으로 소주제를 펼쳐나가고 있다. '곧', '다시 말하면' '바꾸어 말하면' 따위의 접속어는 이런 되풀이 서술에 많이 쓰인다. 이런 경우에 유의할 점은 단순한 되풀이 해석이 아니라 그 소주제를 다른 각도에서 풀이함으로써 더 심화하거나 구체화해서 펼쳐 나가야 한다는 것이다. 이런 점에서 이 되풀이 강조는 일종의 풀이에 의한 전개 방식과도 상통된다고 할 것이다.

그러나 반복법은 남용하면 효과가 적어진다. 특히 설명문이나 논술문 따위에서는 상투적인 반복법을 많이 쓰면 글의 신뢰도를 오히려 떨어뜨리는 수가 있다. 이를테면, '너무너무 좋다' '매우매우 멋있는 사나이' '정말정말 예쁜 꽃' 따위는 글의 진실도를 떨어뜨릴 수가 있다. 요컨대 반복법은 특별히 강조해야 할 경우에 한해서 절제해서 쓰도록 해야 그 강조 효과가 난다.

(5) 과장법에 의한 강조

과장법은 사실보다 다소간 불려서 표현함으로써 강조의 효과를 노린다. 대체로 다음과 같은 것들이 그 보기가 된다.

- 바다 같은 마음, 폭포수 같은 비, 장승만한 키, 강철 같은 체력, 쥐꼬리만 한 월급
- 목소리가 모깃소리만 하다. 눈이 바늘구멍만 하다. 음식을 눈꼽만치 주다.
- 배가 남산만 하다. 간에 기별도 안 간다. 낙타가 바늘구멍으로 들어가는 것만큼 어렵다.
- 매연으로 뒤덮여서 거대한 우산을 펼친 것 같은 하늘이 도시 위에 천막처럼 드리워져 있었다.
- 그 사람은 담이 큰 사람이다. 말하자면 강철 심장을 가지고 있어서 총알이 날아와도 끄떡도 하지 않을 사람이다.

과장법도 남용을 하거나 너무 지나친 과장 표현을 하면 실감이 없고, 글의 진실성을 의아케 만든다. 특히 논술문 등에서는 그런 과장법은 삼가야 한다. 그런 글에서는 사실에 입각한 근거를 제시해야 하

므로 과장법은 오히려 그 신뢰성을 떨어뜨릴 염려가 있다.

(6) 그 밖의 표현 기교에 의한 강조법

반복법과 과장법 이외에 강조 효과를 내는 표현 기교(수사법)은 다음과 같은 것들이다.

① **도치법**이란 주어와 서술어의 정상적인 위치를 바꾸어서 강조할 어구를 앞에 내세우는 표현법이다.

- 무럭무럭 자라라 어린 새싹들이여.
- 피었네, 피었네, 무궁화가 삼천리 금수강산에.

② **열거법**은 어떤 사항을 강조하기 위해서 관련된 어구나 사항을 줄이어 내세우는 표현법이다.

- 밥이며, 떡이며, 고기며, 과일이며 없는 것이 없다.
- 남자, 여자, 노인, 아이들, 성한 사람, 아픈 사람 할 것 없이 그 광장에는 수없이 많은 사람이 모였다가 흩어졌다 한다.

③ **점층법**(漸層法)이란 표현 내용이 점차 강화되어서 마침내 절정을 이루는 서술법을 말한다. 이것은 미괄식 전개법 또는 일반화의 전개법 등과 관련 있는 표현 기교이다. 이것은 '절정의 순서(order of climax)'라 하기도 한다. 점층법은 서술 효과가 점차 고조되어 가서 절정을 이루게 된다. 문예 작품 등에는 이런 점층법이 활용되어 절정의 감동을 일으키는 수법이 쓰이는 일이 있다.

5. 단락의 형식과 내용의 일치

1) 단락의 형식 구분

옛날에는 글을 쓰는 데 띄어쓰기나 쉼표, 마침표 따위가 거의 쓰이지 않았다. 낱말과 낱말 사이도 띄어 쓰이지 않았고, 문장과 문장 사이에도 경계 표시가 거의 없었다. 글자가 다닥다닥 붙어 있어서 한참 들여다보아야 낱말이나 문장의 뜻을 구별해서 읽을 수가 있었다. 또한 단락의 표지도 없었다. 낱말과 문장이 구별되어 표시되지 않는데 단락의 형식이 나타나 있기를 기대할 수 없는 것이다. 이런 사정은 동양이나 서양이나 마찬가지였다. 동서양의 고전을 보면 낱말, 문장 또는 단락의 구분이 되어 있지 않다.

그러다가 점차적으로 낱말이 띄어 쓰이게 되고 문장이 구분되어 표시되기에 이르렀다. 나아가, 문장들이 모여서 이루는 단락을 표시하는 방법도 생겨나게 되었다. 이 단락의 구분 표시는 서양의 글에서 비롯된 것이다. 한 문장 이상이 모여서 이루는 대문의 시작점에 '¶'라는 기호로 표시하게 되었다. 이 기호는 영어의 "paragraph"를 표시하는 것인데, 본디 뜻은 '곁에다 쓰기(to write beside)'이다. 그 뒤에 이 기호가 사라지면서 단락의 표시 방법은 다음 몇 가지로 나타나게 되었다. '들여쓰기', '내쓰기' 및 '줄 바꾸기'가 그것이다.

(1) 들여쓰기

들여쓰기는 우리가 흔히 쓰는 것으로서 단락의 시작점을 안쪽으로 들여 넣는 방식이다. 들여쓰기의 원말 'indention'은 본디 '톱니 모양의 자국을 내는 것을 뜻한다. 따라서 들여쓰기는 단락의 시작점을 한 자(또는 두 자) 정도 안쪽으로 들여 넣음으로써 자국을 만들어 단락을 표시하는 것이다. 첫 단락뿐 아니라 뒤따르는 모든 단락의 시작은 다 이 방식으로 표시하는 것이다.

(2) 내쓰기

내쓰기는 들여쓰기와는 반대로 단락의 시작점을 한 자(또는 두자) 정도 밖으로 내밀어 놓는 방식이다. 곧 단락 시작점이 왼쪽으로 튀어나오게 하고 다른 줄은 모두 안쪽으로 밀어 넣는 방식이다. 이 방식은 단락 표시는 뚜렷하지만 지면의 낭비가 되므로 특별한 경우 외에는 거의 쓰이지 않는다.

(3) 줄 바꾸기

줄 바꾸기만으로 단락 표시를 하는 경우도 있다. 곧 들여쓰기나 내쓰기를 하지 않고 단락을 표시하는 방식이다. 이 방식은 왼편 끝이 가지런하여 보기에는 좋으나 단락의 표지가 얼른 눈에 띄지 않는 흠이 있다.

위의 몇 가지 표지 가운데 첫째번의 들여쓰기 방식이 가장 일반적인단락 표시 방법이다. 동서양을 막론하고 거의 모든 글이 이 들여쓰기의 방식으로 단락 표시가 된다. 그것은 이 방식이 글의 외형적 모습에 무리한 변형을 하지 않으면서도 단락의 표시를 손쉽게 할 수 있는 장점이 있기 때문이다. 이런 점에서 이 책에서도 들여쓰기 방식을 단락 표지로 삼고 있다.

2) 단락의 형식과 내용의 일치 문제

위에서 우리는 단락의 형식을 살펴보았는데, 단락이 제대로 이루어
지려면 무엇보다도 그 형식과 내용이 일치되어야 한다. 들여쓰기만
제대로 하고 거기에 상응한 내용을 갖추지 못하는 것이어서는 충실한
단락이라 할 수가 없다. 반면에 내용적으로는 이미 충실한 단락이 이
루어졌는데도 새로운 들여쓰기를 하지 않고 딴 내용이 계속 첨가되도
록 되어서도 안 된다. 한 번 들여쓰기를 할 때마다 하나의 소주제가
충분히 다루어지도록 구획이 지워질 때 글의 짜임새는 알뜰하게 된다.

우리의 글에서는 단락의 형식과 내용이 일치되지 못하는 일이 너무
나 많다. 들여쓰기는 별 뜻 없는 겉표지거나, 글을 쓰거나 읽는데 호
흡을 맞추는 것쯤으로 생각하는 이들이 많다. 어떤 이는 글이 너무
빽빽하게 보이지 않게 하려고 들여쓰기를 하는 때도 있는 듯하다.

심지어는 원고의 장수를 불리고자 일부러 줄 바꾸기와 들여쓰기를
하는 일도 있다는 말도 들린다. 이제 이와 같은 무원칙하고 무질서한
들여쓰기와 줄 바꾸기는 삼가야 하겠다.

3) 단락 개념의 허약성

우리의 많은 글에서 단락의 형식과 내용의 일치 문제에 대한 의식
이 박약한 것이 사실이다. 그 까닭은 몇 가지로 분석이 될 수 있겠는
데 그 주된 것만 들추어 보고자 한다.

(1) 우리의 글짓기 전통에서는 단락이라는 단위가 없었다는 점이

다. 우리의 이른바 고전에는 단락 의식이나 대문 의식을 가지고 쓴 글이 없다. 그냥 하나하나의 생각이 떠오르는 대로 표현하였을 뿐이다. 하나의 주된 생각을 핵심으로 하고 그것을 떠받들어 심화하고 확대하도록 하는 사고 작용이 모자랐던 것이다. 비록 그런 집중적인 사고 작용의 펼침이 간혹 있었다 하더라도 그것이 들여쓰기나 줄 바꾸기 등으로 구획짓는 일은 없었다.

(2) 일본 사람들의 영향 때문이다. 일본 사람들은 우리보다 서양의 문명을 더 일찍 받아들였다. 그리하여 일제 교육을 통하여 그들의 수입 문화의 일단을 우리에게 전해 주었다. 그런데 문장론에 관한 한 그들 자신이 단락 의식을 뚜렷하게 깨치지 못하고 있었다. 일본 사람들 자신이 단락에 대한 의식이 희박하다. 따라서 이런 일본 사람들의 글짓기 영향을 다분히 받은 많은 지식인들 역시 단락에 대한 확실한 의식 없이 글을 쓰게 된 것이다.

(3) 사고 훈련이 모자라기 때문이다. 어떤 문제에 관해서 깊이 따지고 여러 각도에서 살펴서 그 본질적인 면을 파고 들어가는 사고 훈련이 모자란다. 한 소주제에 관해서 좀 더 진지한 태도로 깊이 파고 든다면 그렇게 짧고 피상적인 단락이 되지는 않을 것이다. 그런데 문제를 따지고 생각하는 훈련을 쌓지 못한 사람들이 너무나 많다. 종래의 한문 서당식 교육을 통해 자란 사람은 더 말할 것도 없고 일제시대 교육을 받은 사람, 그리고 최근의 입시 위주의 비정상 교육을 받은 사람들은 논리적 사고 훈련의 기회를 거의 가지지 못하였다. 이렇게 사고 훈련이 모자라면 문제를 파고들어 생각할 줄을 모르며 그 결과로 깊이 있고 무게 있는 단락의 형성이 어렵게 된다.

(4) 현대의 간편주의의 경향 때문에 단락이 짧아지고 있다. 여기 간편주의란 모든 것을 간단하고 편하게 처리하고자 하는 마음가짐을 말한다. 길고 복잡하고 심각한 것은 피하고 엷고 가볍고 단순한 것을 바라고 즐기는 현대인의 사고방식을 말한다. 이어령 교수는 현대의 한 특징을 "수필 문학 시대"라고 한 바 있는데, 길고 무게 있는 장편 소설 등을 기피하고 가벼운 수필 따위만 겨우 읽으려 한다는 것이다. 이도 역시 간편주의의 일면이라 할 만하다. 학문의 분야에서도 심오하고 보편적인 지식보다는 저널리즘적 태도로 가볍게 스치고 넘어가는 피상적 지식이 더 잘 팔린다. 이런 경향은 일본의 경우에도 마찬가지인 모양이다. 전후, 쉬운 문장은 좋은 문장이며, 짧은 문장은 쉬운 문장이고 따라서 좋은 문장이라는 상식이 바다 저쪽에서 건너왔다. 이른바 단문주의라는 것이다. 단락도 짧으면 짧을수록 좋다고 여기게 되었다. 더구나 신문 소설에 있어서 하얀 곳이 많이 있을수록 독자가 많다고 말하게 되었다. 곧 줄 바꾸기가 많으면 그만큼 읽기 쉽다는 인상을 주고 있다는 말이다. 일본어는 줄 바꾸기를 좋아하는 말인지도 모른다.

이상과 같은 몇 가지 이유에서 단락의 길이는 종래보다 짧아지는 경향이 생기고 있다. 그 결과 너무 빈번하고 뜻 없는 줄 바꾸기가 유행하고 있다. 이는 현대인의 사고방식을 점점 간편주의로 흐르게 하고 피상적 지식과 옅은 삶의 자세를 낳고 있다.

어떤 문장론 관련 책에서는 단락의 형식과 내용이 일치되지 않는 글들을 합리화하기 위해서 '형식 단락'과 '내용 단락'이라는 말을 쓰고 있다. 곧 내용적으로는 한 단락인데 형식으로는 여러 단락으로 나누어 서술하는 글이 있을 수 있다는 논리이다. 이것은 형식과 내용이

일치되지 않는 기성인들의 산만한 글들을 합리화하려는 궁여지책으로
나온 논법이다. 그러나 이것은 단락의 표지인 들여쓰기가 단락의 내
용적 구획을 짓기 위해서 생긴 것임을 모르는 데서 나온 괴설이다.
차라리 그런 구별을 하려면 단락이라는 용어를 아예 쓰지 않는 편이
나을 것이다. 차라리 우리나라에서는 본래적 의미의 단락 이론은 없
고 들여쓰기는 글의 호흡을 맞추기 위해서 임의로 하는 것이라고 하
는 것이 더 솔직할 것이다. 더욱이 형식 단락 운운하는 것도 일본 사
람의 잘못된 견해를 따라한 것이라면 참으로 한심한 노릇이 아닐 수
없다.

살아 있는 문장론

제 12 장
글의 표현

1. 좋은 문장이란
2. 수사의 이론

1) 알기 쉬운 문장

(1) 아름다운 글이 쉬운 글은 아니다.

아름다운 글이란 아름다운 단어와 여러 가지 표현 기법을 사용해서 매끄럽게 잘 다듬은 글이지만, 쉬운 글이란 표현이 쉽고 명확하여 이해가 빠르고 알기 쉬운 글을 말한다. 즉 생각나는 대로, 느낀 대로 평범한 단어로 자연스럽게 쓰면 된다.

(2) 쉬운 문장이 이해를 돕는다.

한자(漢字)나 고사 성어, 옛 말투와 어려운 단어를 사용하는 것은 자제한다. 그것은 현학적(衒學的)인 글이 되기 쉽다.

(3) 독자의 수준에 맞는 문장이 쉬운 문장이다.

2) 조화 있는 문장

하나의 주제를 위해서 모든 제재는 '통일성'을 갖추어야 하며, 모든 문장은 '조화'를 이루어야 한다. 조화 있는 문장은 마치 한 곡의 교향악을 연주하는 것과 같다.

(1) 내용은 조화(調和)를 이루어야 한다.

정치 이야기를 한참 하는 중에 갑자기 문학을 이야기한다면, 내용의 조화는 이루어지지 않는다.

(2) 사회 규범에 맞는 문장이어야 한다.

표현의 자유라는 것은 마음 내키는 대로 아무 것이나 써도 된다는 것은 아니다. 인터넷의 악플도 이에 대한 한 예가 될 수 있다. 악의적 비방이나 헛소문 등 사회적으로 물의(物議)를 일으키는 글은 삼가야 한다.

3) 가치 있는 문장

가치 있는 문장이란 내용이 건실하고 교훈적이며 흥미가 있어야 한다.

(1) 포용력이 있는 문장

자기 혼자만의 독단적이고 편협한 생각을 드러낸 글은 좋은 글이 아니다. 누구나 공감할 수 있고 동조할 수 있는 문장으로 된 글이 좋은 글이다.

(2) 합리적인 문장

자기모순에 빠지는 글이 아닌, 합리적이며 글의 앞과 뒤가 맞아야
한다.

(3) 참신한 문장

상투라든가 사비유적인 표현은 참신한 문장이라 볼 수 없다. 이를
테면 '쪽빛 하늘'을 '돌을 던지면 파란 물결이 일 것 같은 하늘'로 표
현한다면 이것이 바로 참신한 문장이 될 것이다.

(4) 구체적인 문장

너무 추상적인 글은 필자가 그 내용을 알고 있다 하더라도, 독자가
그 뜻을 헤아리기 어렵다. 특히 어떤 사건을 보도하거나 해설하는
글, 사물을 설명하는 글은 구체적으로 표현해야 한다. 그리고 추상어
나 일반어보다 구체어나 특수어를 사용하면 지시의 구상성 때문에 글
이 간결하면서도 명료해진다.

예) 밀접하게→함께 지내게, 우리 학교만의 특유한→우리 학교에
    만 있을 법한, 엄청난 양의 연료→매일 세 양동이 이상의 많
    은 연료

(5) 도덕적인 문장

상대방을 얕본다든지, 상대방의 처지를 이해하지 못한다든지, 자기
의 형편만을 생각하고 쓰는 글은 좋은 문장이 아니다. 가능하면 인간
적이고 부드러운 문장으로 남을 돕고, 동정하고, 칭찬하는 글을 쓰는
것이 좋다.

(6) 자연스런 문장

문장이 자연스러우며 군더더기가 없으며, 매끄럽게 표현된 문장이 자연스런 문장이다. 그러기 위해서는 생각과 느낌을 솔직·담백하게 쓴다.

　　예) 경험적 실증→구체적이고 경험할 수 있는 실증
　　　　통상적 언어→일상의 쉬운 말

(7) 짧고 분명한 문장

동어 반복, 불필요한 말, 장식적인 수식어의 사용을 피한다. 절대적 형용사의 사용으로 구체적이고 간결해질 수 있기 때문이다.

2. 수사의 이론

수사란 글을 정확, 명료, 효과적으로 표현하는 방법이며, 이때 말이나 글을 꾸미는 것은 하나의 기술로 평가된다. 말과 글을 아름답게 꾸미기 위한 여러 가지 방법을 말한다. 이해를 목적으로 하는 글은 정확하게 표현되도록 꾸며져야 하고, 특히 느낌을 목적으로 하는 글에서는 정확함과 함께 감각에 호소할 수 있도록 표현되어야 한다.

1) 수사의 종류

(1) 시에서의 수사

문학작품 특히 시에 있어서 수사는 중요한 위치를 차지한다. 문학적이기 위해서는 감정을 가져야 하는데 그렇다고 그 감정을 직설적으로 표현하라는 것은 아니다. 미당 서정주의 「冬天」(동천)을 예로 들어보도록 하자.

> 내 마음속 우리 님의 고운 눈썹을
> 즈믄 밤의 꿈으로 맑게 씻어서
> 하늘에다 옮기어 심어 놨더니
> 동지섣달 나르는 매서운 새가
> 그걸 알고 시늉하며 비끼어 가네.
>
> – 서정주의 「동천」 전문

먼저 1단계는 감정의 대상이 무엇이며, 그 대상의 어디인지를 먼저 정한다. 위 시의 경우는 내 님과 님의 눈썹이다. 그리고 2단계로 그것을 어떻게 취급해서 그 감정을 더욱 강하게 드러낼 것인가를 고민해야 한다. 여기에서는 '즈믄 밤의 꿈으로 맑게 씻어서'. 3단계는 다시 한 번 대상의 위치를 바꾸어 돋보이게 한다. '하늘에다 옮기어 심어 놨더니'. 그리고 4단계에는 배타적인 존재인 '매서운 새'에게 인정을 받는 것이다. 내 님의 작은 부분인 눈썹도 그 정도인데 전체의 내 님은 어떻겠는가 하는 메시지도 함께 전하고 있다.

(2) 산문에서의 수사

"박제가 되어 버린 천재를 아시오?" 이상의 대표작 「날개」에 나오는 이 한 문장은, '박제'와 '천재'의 단어에서 의미, 각운, 논리 등이 모두 절묘한 대조를 이룬다. 감정을 표현하는 동사나 형용사는 약속된 기호일 뿐 살아 있는 표현은 아니다. 따라서 산문의 표현에서 주의해야 할 것들이 몇 가지 있다. 먼저 형용사나 부사의 기능을 너무 믿지 말고, 그것들의 남용과 오용을 주의할 것. 그리고 형용사와 부사는 가능한 한 쓰지 않는 것이 좋다. 만약 꼭 써야 한다면 직설적으로 쓰지 말고 직유나 은유 등의 비유법이나 수식을 이용하는 것이 낫다. 사전의 부사, 형용사는 문학적 언어가 아니라는 점을 유의하고, 한 문장 안에 같은 말을 반복하는 것을 피해야 한다.

2) 수사법의 갈래

글을 쓸 때에는 문법에 어긋나지 않으려고 노력하면서도 개성(자유로운 표현)에 신경을 써야 한다. 그리고 글의 자유로움이나 개성은 글 쓰는 이가 오래 갈고 닦아야 비로소 자유롭게 구사할 수 있는 것이다. 이러한 글의 개성을 표현하는 수사법 몇 가지를 살펴보자.

(1) 비유법(譬喩法)

표현하고자 하는 대상(어떤 사물의 현상, 상태, 마음의 움직임 등)을 다른 사물에 빗대어 표현하는 수사법으로 표현하고자 하는 대상을 원관념, 비유되는 대상을 보조관념이라 한다. 이 기법은 연상 작용을 일으키기 때문에 함축성의 효용이 있다.

① **직유법**은 어떤 사물을 표현하려고 할 때, 연관성을 가진 다른 사물을 끌어다가 직접 연결하여 나타내는 방식이다. 예를 들어 'A는 B와 같다'라는 식으로, 사물 A를 나타내기 위하여 사물 B의 비슷한 속성을 직접 끌어내어 견준다. 이때 '마치 ~와 같다', '꼭~같다', '~과 비슷하다'라는 서술어가 붙는다. 또한 ~처럼, ~인 양, ~같이, ~듯, 따위의 형식을 이용할 때 A를 원관념 B를 보조관념이라 한다.

- 세월이 화살과 같다.
- 오래전에 쓰다 버린 놋그릇 같은 달
- 고목 껍질 같은 어머니의 손

② **은유법**은 어떤 사물을 간접적이며 암시적으로 표현하는 방식으로, 모양이나 성질의 연관성을 찾아 연상 작용에 의해 새로운 관념을 지니게 되고, 질적인 변화도 일으킨다. 'A는 바로 B다'라는 식으로 표현 속에 비유를 숨기는 기법이다. 논리상, 직유는 유사의 개념이지만 은유는 동일의 개념 혹은 동가(同價) 개념에 속한다. 은근하고 간접적이기 때문에 비유의 효과가 직유보다 크다.

- 공중전화 부스는 유리로 만든 배
- 어머니는 낡은 마을버스

③ **풍유법**은 직설적으로 나타내지 않고, 전체의 뜻으로써 독자들이 그 의미를 짐작할 수 있게 하는 방법이다. 일반적으로 무생물이나 동물 등의 성질이나 행동을 묘사하여 풍자나 암시를 나타내는데, 남을 설득하거나 빗대어 말할 때 많이 쓰인다. 본뜻은 뒤에 숨기고 비유하

는 말만 드러내어 그 숨은 뜻을 넌지시 나타내는 표현 방법으로 직유가 융합, 발전된 형식이 풍유법이라고 할 수 있다. 우화나 교훈담이 일반적인 예가 된다. 그리고 풍유는 위의 예와 같이 재치와 해학, 재미가 있어야 한다. 이러기 위해서는 글 속에 담겨진 의미가 정확해야 하며, 누구나 공감할 수 있는 내용이어야 한다.

- 고슴도치도 제 새끼는 함함하다.(함함하다:털이 보드랍고 반지르르하다)
- 벽에도 귀가 있다.

④ **의유법**은 다시 의인법, 의성법, 의태법으로 나뉜다.

먼저 **의인법**은 사람이 아닌 사물이나 추상적인 개념을 사람으로 나타내는 것을 말한다. 즉 생물이나 무생물, 추상적인 개념까지도 사람의 말과 행동으로 표현하는 것으로 사물의 동태나 추상적 관념을 사람의 동작처럼 나타내는 기법이다. 의인법은 사물을 인격화한 것이고, 활유법은 사물을 생명화한 것이다.

- "박꽃은 왜 밤에만 피지?"
  "낮에는 부끄러워서 그런대."

의성법은 자연의 소리를 그대로 옮겨 나타내는 것으로, 실제의 소리를 사실적이고, 실감 있게 표현하는 방법이다. 특히 우리말은 의성어가 발달하여, 자연의 어떠한 소리도 표현할 수 있는 특질이 있다. 다시 말해 의성법은 표현하려는 사물의 소리, 동작, 상태, 의미를 음성으로 나타내고, 또는 그것을 연상하도록 하는 기법이다

- 싸륵싸륵 눈이 온다.
- 땡땡 종이 울린다.
- 화살이 휙휙 스쳐 간다.

의태법은 사람이나 사물의 동작·상태를 그대로 표현하는 방법으로 실제 모양이나 움직임, 성질이나 감각 등을 있는 그대로 나타내서 실감 있는 느낌을 준다. 달리 말하자면 사물의 소리를 그대로 나타내어 그 느낌이나 특징을 모사하는 기법을 말한다.

- 뒤뚱뒤뚱 황새 걸음
- 아장아장 걷는 아기

⑤ **대유법**(代喩法)은 어떤 사물의 부분이나 성질로 그 사물을 나타내는 표현 방법으로, 사물의 한 모퉁이나 어느 한 특징을 보임으로써 전체를 대신하거나 환기시키는 기법이다.

이 중에서도 **제유법**은 같은 종류의 사물 중에서 어느 한 부분을 들어서 전체를 나타내는 표현 방법이다. 예에서 '약주'는 원래 술의 한 종류였으나 여기서는 '술'의 뜻으로 쓰였다.

- 약주를 드신다.

환유법은 어떤 사물을 그와 관련 있는 다른 사물로 바꾸어 표현하거나, 그 성질로 그 사물을 표현하는 방법이다. 즉 한 사물과 관계 있는 사물을 빌려 나타내거나 기호로 써 실체를 대신하거나 소유물로써 주인을 알게 하는 등의 기법을 말한다.

- 벤츠가 마티즈를 무시한다.

위 문장에서 '벤츠'는 고급 외제 승용차를 사는 상류층을 가리키고 '마티즈'는 소형차를 타는 도시의 소시민을 가리킨다.

(2) 강조법(强調法)

강조법은 문장 내용을 더욱 뚜렷이 전달하고자 읽는 이의 신경을 자극하여 강렬한 느낌을 주는 수사법이다. 따라서 강렬성의 효용이 크다.

① **과장법**은 사물을 실제보다 더 크고 넓게, 또는 보다 작고 적게 표현하는 방법으로, 사물의 크기, 정도, 모양, 소리 등을 확대하거나 축소하여 나타낸다. 특히 향대 과장은 과장법 중에서도 사물을 실제보다 훨씬 크게 표현하는 강조법으로 '열두 대문 집', '바다 같이 많고 큰 고민' 등의 표현을 들 수 있다. 그리고 향소 과장은 사물을 실제보다 훨씬 작게 표현하는 강조법으로 '간이 콩알만 하다'는 표현이 대표적이다.

- 눈물로 밥을 지었다.
- 어제 마신 맥주의 빈 병으로 탑을 쌓았다.

② **영탄법**은 가슴에서 우러나오는 슬픔과 기쁨, 울분과 탄복을 나타내는 표현으로 감탄사나 의문문을 사용한다. 이러한 기법은 글 쓰는 이의 감정을 진솔하게 드러내는 목적도 있지만, 어디까지나 독자들로 하여금 필자의 느낌과 같은 생각을 해야만 효과를 거둘 수 있다. 진정한 기쁨, 노여움, 슬픔, 즐거움, 사랑, 미움, 욕망에 대한 직

접적인 표현이 가능하다.

- 오, 거룩한 마음!
- 천지가 이렇게도 웅장하고 숭엄하였던가!

③ **반복법**은 같거나 비슷한 단어나 어절, 또는 구·절·문장을 되풀이하여 쓰는 기법으로 같은 말을 반복함으로써 문장에 변화를 주고 뜻을 강조하며 리듬을 고르게 한다.

- 가자, 가자, 어서 남쪽으로 가자.

물론 이를 좀 더 세분하자면 같은 말을 반복하여 쓰는 기법인 동어 반복과 비슷한 말이 반복하는 유어 반복, 표기는 다르나, 그 뜻이 같은 말이 반복하는 동의어 반복으로 나눌 수 있다. 그러나 동의어 반복은 논리적으로 옳지 않은 말들이 대부분이다.

- 옛날옛날 아득한 때(동어 반복)
- 쉬어 가자. 벗이여, 쉬었다 가자(유어 반복).
- 철교 다리(동의어 반복)

④ **점층법**은 표현의 강도를 계단식으로 점차 높이는 방법으로, 어떤 사건이 점점 확대되거나 심각해짐을 나타내든지, 잔잔하던 마음이 움직여서 고조되어 가는 상태, 또는 강도가 달라지는 과정을 보여 준다. 특히 점점 힘 있는 말이나 중요성이 큰 말을 거듭 써서 글의 힘을 강하게 고조시키는 기법이다.

- 한 사람이 죽음을 두려워하지 않으면, 열 사람을 당하리라. 열은 백을 당하고, 백은 천을 당하며, 천은 만을 당하며, 만으로써 천하를 얻으리라.

⑤ **대조법**은 어떤 사물이나 생각을 표현할 때, 대립되는 의미. 또는 정도가 다른 단어나 어절을 사용하여 그 상태나 의미를 더욱 분명하게 하려는 표현 기법이다. 이는 상반 또는 상대되는 어구 또는 사물을 맞세워 그 형식이나 내용의 다름을 두드러지게 드러내어 보이는 수사법이다.

- 인생은 짧고, 예술은 길다.

- 아, 강낭콩보다도 더 푸른 그 물결 위에 양귀비꽃보다도 더 붉은 그 마음 흘러라.

⑥ **열거법**은 같은 계통의 단어나 어절을 늘어놓아 뜻을 강조하는 표현 기법이다. 반복법이 같거나 비슷한 의미를 지닌 단어나 어절을 되풀이하는 데 비해 열거법은 동류(同類)의 전혀 다른 단어를 사용한다. 이때 열거되는 단어는 모두 같은 가치를 지니게 되며, 전체가 하나의 집약된 의미로서 강력한 표현력을 갖는다. 달리 말하자면 내용이나 형식상 서로 다른 것이면서 어떤 분류나 계통상 맥락 있는 것들을 열거하여 뜻을 깊고 힘차게 하는 기법이다.

- 뛰고, 노래하고, 춤추고, 마구 웃어 댔다.

(3) 변화법(變化法)

변화법은 어구나 서술에 변화를 주어 독자의 주의를 불러일으키고, 지루한 느낌을 없애는 수사법으로 경이적 감흥을 주고 생동성이 있는 기법이다.

① **도치법**은 일반적인 문장 요소의 순서를 바꾸어서 변화를 일으키고 의미를 강조하는 방법으로 생동감, 긴박감, 주의 집중, 시각적인 미(美) 전달의 기능을 수행한다. 문법이나 논리상 말의 순서를 뒤집어 놓는 것이 도치법으로서의 감정의 변화를 준다.

- 오, 만났어, 만났어, 내가 그렇게 찾아다니던 내 운명의 남자를.

② **설의법**은 표현의 마무리를 의문형으로 표현하는 기법으로, 쉽게 결론을 얻을 수 있는 것이라 하더라도 독자에게 스스로 판단하고 생각할 수 있는 여유를 주는 방법이다. 주로 남에게 권유나 명령을 하는 글로써 연설문이나 웅변 원고에 많이 사용된다. 뻔한 결론을 일단 과제로 둔 채, 의문 형식으로 표현하는 기법이다.

- 목숨 걸지 않고 얻을 수 있는 사랑이 어디 있더냐?

③ **인용법**은 필자의 주장이나 생각을 더욱 분명히 하기 위하여 옛 사람들의 고사나 성어, 또는 격언, 속담, 명언을 빌려다 쓰거나, 논문을 작성할 때 다른 이의 이론이나 주장을 끌어다가 수용 혹은 비판하는 기법이다. 특히 논설이나 논문에서 남의 글을 인용할 때는 반드시 원전과 지은이를 밝혀 주어야 한다. 옛말이나 묘사를 글 속에 인용하

여 문장에 무게를 주고 내용을 풍부하게 하거나 변화를 꾀하는 기법
으로서, 인용임을 명시하는 명시와 글 속에 넣거나 명시하지 않는 암
시가 있다. 특히 따옴표를 사용하여 출전이나 발설자를 밝히는 명인
법과 따옴표를 사용하지 않는 암인법이 있다.

- 소크라테스는 "악법도 법이다"라고 말했다. (명인법)
- 소크라테스는 악법도 법이라고 했다. (암인법)

④ **반어법**은 필자의 생각이나 주장과는 정반대의 문장을 써서 독자
들로 하여금 올바른 해답을 나타내도록 하는 기법을 말한다. 즉 표면
에 나타난 의미와 원래의 의미가 정반대가 되도록 표현하는 기법으로
참뜻과는 반대되는 말을 함으로써 관심을 이끄는 방법이다.

- 아휴! 얄미워 죽겠어.
- 잘 났어 정말.

⑤ **생략법**은 문장 속에서 필요하지 않은 내용이나 숨기고 싶은 부
분을 빼 버리는 기법으로 독자들이 생략된 부분을 상상이나 추측으로
판단할 수 있어야 한다. 이때 생략의 목적은 문장을 간결하게 하고
여운과 함축성을 내포하려는 데 있으며 지나친 생략은 문맥의 연결이
잘되지 않으며 의미의 단절을 초래할 수 있다. 압축과 자유로운 상상
의 효과를 요구할 때 사용한다.

- 눈을 감으니 사방에서 소리가 달려들었다. 바퀴소리, 천둥소리,
  나무 무너지는 소리, 겁먹은 새의 울음소리……

⑥ **돈호법**은 사람이나 사물의 이름을 부르는 형식을 취하는 기법으로 글 쓰는 이의 격한 감정을 나타내며 독자의 주의를 끈다.

* 어머니, 당신은 그 먼 나라를 알으십니까?

⑦ **문답법**은 문답 형식으로 글을 엮어 나가는 방법으로 어떤 사안(事案)에 대해서 기술할 때 주로 쓴다. 소설에서 서술 이상의 효과를 얻기도 한다. 특히 글 쓰는 이가 직접 주장을 펴지 않고, 두 사람 이상의 인물을 내세워 문답하게 함으로써 직설법의 단조로움을 극복할 수 있다.

⑧ **역설법**은 일반적으로 생각하는 의미와는 반대되는 표현을 하여 부정적인 데서 긍정적인 뜻을, 긍정적인 데서 부정적인 뜻을 만들어 한층 높은 차원으로 이끄는 방법으로 현실과 모순이 되는 듯하나 궁극적으로는 진리를 표현하는 방법이다.

* 님은 갔지만 나는 님을 보내지 않았습니다.

⑨ **대구법**은 동일한 가치를 지닌 구(句), 절(節)이나 문장(文章)을 대립시켜 그 격조(格調)를 고르게 배열하고 상대적으로 비교하게 하여 아름다움을 표현하는 기법이다. 대조법은 주종관계(主從關係)로 구성되지만, 대구법은 대등한 구성을 지닌다. 특히 가락이 비슷한 말을 나란히 하여서 병행의 인상을 아름답게 나타낼 수 있다.

* 호랑이는 죽어서 가죽을 남기고, 사람은 죽어서 이름을 남긴다.

⑩ **명령법**은 문장의 마침 부분을 명령형으로 나타내어 고조된 감정을 표현하는 방법으로 평서문이나 의문문보다 더 강한 느낌을 준다. 이때 명령문은 누구에게 명령하는 의미가 아니라 독자에게 자기의 주장을 호소하는 것이 된다.

• 보아라, 거울 속에 웅크린 낯선 저 사내를.

위에서 살펴본 바와 같이 수사법은 명징함과 정연함의 효과를 지니고 있지만, 반대로 인위적이고 애매해질 수 있는 위험도 지니고 있다. 특히 관습적으로 오래 사용된 수사의 경우는 참신한 느낌을 주지 못하며, 지나치거나 잦은 수사법은 삼가야 한다.

살아 있는 문장론

제 13 장
문체(文體 – Style) 및 글다듬기

1. 문체란

2. 글다듬기

1. 문체란

문체란 글 쓰는 이가 언어를 부려 쓰는 개성이 나타난, 글 전체의 특색을 말한다. 물론 같은 사람이 쓴 글이라 하더라도 글의 내용이나 성질에 따라, 또는 그 글의 목적이나 읽는 대상에 따라 문체를 달리 하는 경우도 있다. 일반적으로 문체를 결정하는 요소는 문장의 길이, 글의 갈래, 낱말 선택의 경향, 표현상의 수사 등이며, 이러한 부분에 서 필자의 문장상의 독특한 개성을 드러낸다.

1) 간결체와 만연체

간결체와 만연체는 문장 구성의 길이로 구분이 되는데, 먼저 **간결체**는 문장이 간단명료하고 축약된 내용으로, 생략과 압축이 많다. 그리고 이러한 문장을 읽는 독자는 주어진 내용만으로 상상과 추측을 한다. 따라서 너무 간결하면 독자가 숨겨진 의미를 알 수 없게 되고, 문장이 무미건조하게 된다.

- 한 해가 지났다. 새 학년이 되었다. 하지만 군대에 간 그는 돌아오지 않았다. 또 한 해가 지났다. 그에게서는 여전히 연락이 없다.

만연체는 기본적으로 문장이 복잡하고 길며 많은 내용을 담고 있다. 많은 단어와 수식어가 사용되기 때문에 비경제적이고, 긴 문장을 무리 없이 이끌어 갈 수 있는 능력이 필요하다.

세상에 꿈꾸지 않는 사람은 없는 법, 꿈꿔도 이루어지지 않는 것이 현실이고, 그래서 목숨 있는 존재는 자궁이 대물림한 운명의 수레바퀴 안에서 쓸쓸하고 외롭고 아플 수밖에 없는 것임을, 그는 신 김치전 한 장의 유혹에 침을 질질 흘리며 못줄을 잡아야 했던 다섯 살 이래로 머리가 아니라 몸으로, 마음으로, 제게 주어진 운명만큼이나 선연하게 보았던 것이다.

- 정지아의 「순정」에서

2) 강건체와 우유체

강건체와 우유체는 문장 표현의 강약에 의해 구분된다. 먼저 **강건체**는 문장이 강하고 딱딱하며 무게와 활발함이 있다. 특히 강렬한 분노를 나타내거나, 신념, 결의, 극단적 사상이나 감정을 표현할 때 사용하는데, 너무 강하면 자기도취에 빠져 독선적으로 흐르게 된다.

현실을 곧추 볼 때나. 미국이 대한민국의 전시 작통권을 가져야 나라
가 산다는 저 부라퀴들을 보라. 미국과 자유무역협정을 맺어야 대한민
국이 산다는 저 권력자들을 보라. 그래서다. 이완용을 위한 변명을 쓴
다. 분노를 머금고 쓴다.

— 손석춘의 「이완용을 위한 변명」에서

한편 **우유체**는 부드럽고 온전하며 우아한 느낌을 준다. 강건체처럼
흥분하거나 장중하지 않으며 차분하며 아기자기해서 구체적이고 감각
적이며 섬세한 느낌을 준다. 그러나 지나치면 자기도취에 빠져 필요
없는 수식 등 미사여구만 늘어놓게 된다.

그다지 예쁠 것도 없는 여자의 알몸이 어찌 나에게 그렇게 애잔하게
보였는지 모를 일이다. 이른 새벽부터 목욕바구니를 챙겨 종종걸음을
쳤을 그녀의 모습이 선하게 그려졌다. 그녀의 발 아래로 언 땅이 자그
락자그락 돌 굴러가는 소리를 냈을 것이다. 그녀가 샴푸와 비누와 스펀
지를 챙겨 대문을 소리 내어 밀고 나왔을 때 아직 하늘은 짙푸르게 어
두웠을 것이고 몹시도 차가운 바람이 그녀의 가슴팍을 찔렀을 것이다.

— 김서령의 「가엾은 애인들」에서

3) 건조체와 화려체

건조체와 화려체는 문장의 수식 정도에 따라 구분된다. 일반적으로
건조체는 수식이 없으며 공식적인 내용만 담기 때문에 예술문보다 실
용문에 많이 쓰인다. 쓸데없이 남발되는 수식은 주제를 흐리게 할 수
있다.

오늘날 이론과 실천 두 수준 모두에서 민주주의와 헌정주의의 차이는 크다. 미주주의와 헌정주의는 거시적인 민주주의 발전과정에서 오랜 기간 상호갈등적 관계를 보여왔다. 양자는 투표 대 법, 다수의 지배 대 법의 지배, 정치 대 법률의 충돌관계로 나타난다. 구체적 제도에서는 자주 의회 대 법원, 정치인 대 법관의 대결로 나타난다.

-박명림의 「87년 헌정체제 개혁과 한국 민주주의」에서

화려체는 되도록 많은 수식어를 사용하여 감각적 표현의 감정을 풍요롭게 하며, 화려한 느낌을 전달한다. 흔히 예술문에서 많이 사용되며 비유와 수식어가 많아 다변적이다. 그러나 지나치면 겉만 화려하고 내용이 빈약해질 수 있으며, 독자에게 환멸을 줄 수도 있으니 진실되고 소박한 마음가짐이 필요하다.

그렇구나. 저 높은 곳에 핀 철쭉 꽃송이는 시-꽃 한 송이로구나. 상징-꽃 한 송이로구나. 사랑-꽃 한 송이로구나. 소리나지 않는 짝사랑이로구나. 가장 깊이 감춰진. 가장(假裝)의 연애로구나. 그 가장의 연애 뒤에서, 그대는 달팽이처럼 끝없이 사랑의 지붕을 업고 있다. 감자처럼 끝없이 흙의 피를 열고 있다.

-강은교의 「그 여자의 새벽」에서

4) 어투(말투)에 따른 분류

구어체(口語體)는 일상생활의 언어로 표현된 것으로 근대 이후 우리의 글들은 언문일치를 따르고 있다.

나는 지금 '유다의 시간'을 관통하고 있는 것처럼 느껴진다. 그러나

유다는 배신할 절대자가 있었지만, 내 앞에 있는 것은 고작 '근대문학'
이라는 것이다. 그러나 유다에게 예수가 절대적이어서 배신할 난관이었
던 것과 마찬가지의 비중으로 내게 다가오는 것이 그 한국의 근대문학
이라는 것이다. '유다의 시간'을 나는 어떻게 건널 수 있을 것인가.

— 이명원의 「유다의 시간과 근대문학의 종언」에서

문어체는 문장에만 사용하는 문체로서 대개의 고전의 것들이 이에
해당한다.

　이때에 뜰 아래 섰던 군사들이 일시에 달려들려 하니, 토끼, 무단히
허욕을 내어 자라를 쫓아왔다가 수국 원혼이 되게 되니, 이는 모다 자
처(自取)한 화라, 누구를 원망하며 누구를 한하리오? 세상에 턱없이 명
리(名利)를 탐하는 자는 가히 이것을 보아 경계할지로다.

— 「토끼전」에서

5) 용어에 따른 분류

한글체는 흔히 국문체라고도 하는데, 순 우리말로 표현된 것을 말
하며, **한문체**는 고문(古文)처럼 순 한문으로 표현된 것을 가리킨다.
물론 이 두 가지의 혼용된 경우도 있다. 우리말이 한문보다 많은 경
우에는 '국주 한종체'라고 하고, 한문이 우리말보다 많은 경우에는 '한
주 국종체'라고 한다.

6) 글의 형식에 따른 분류

운문체는 고대소설의 문체처럼 낭독하기 좋게 리듬을 살린 문체이고, **내간체**는 부녀자들의 편지체이며, **가사체**는 가사처럼 3·4조나 4·4조의 운율을 지닌 것을 말한다.

7) 소박체와 기교체

소박체는 대체로 일상생활에서 쓰는 용어를 많이 사용하기 때문에 문장이 소박하고 단순하다. 그리고 지나친 표현 기교나 수식이 없다. 그러나 **기교체**는 표현과 구성에 기교가 많은 문장을 쓰기 때문에 문장 구성의 표현이 정교하고 치밀해야 한다.

2. 글다듬기

1) 퇴고의 유래

글을 다 쓴 다음에는 아무리 짧은 글이라도 그것을 그대로 남에게 보이거나 발표를 해서는 안 된다. 반드시 다듬어야 한다. 한 번 쓴 글을 다시 읽어 보고 빠뜨린 것을 써 넣고, 필요가 없는 말을 줄이고, 틀린 말이나 정확하지 않은 말을 고쳐 쓰고 하는 일을 글다듬기라 한다. 전에는 이것을 중국 사람들 말따라 '추고'니 '퇴고'니 했는데 우리말로 '다듬기'라고 하면 아주 알맞다. 어떤 사람의 글이든지 처음 써 놓은 글은 여러 모로 잘못되어 있기가 예사이기 때문에, 한 번 읽어서 고치고, 또 읽어서 고치고, 여러 번 줄이고 보태고 바로 잡아서 다듬을수록 좋은 글이 된다.

퇴고의 유래는 다음과 같다. 중국 당대(唐代) 말엽에 가도(賈島)라는 시인이 있었다. 어느 날 저녁 시를 한 수 짓다가 "승퇴월하문(僧堆月下門 – 스님은 달빛 아래 절간 문을 밀친다)"로 할 것인가, "승고월하문(僧敲月下門 – 스님은 달빛 아래 절간 문을 두드린다)"로 할 것인가를 결정하지 못하고 깊은 생각에 빠졌다. '밀 퇴(堆)로 할 것인가 두드릴 고(敲)로 할 것인가'를 곰곰이 생각하며 노새에 몸을 맡겨 정신없이 길을 가던 가도(賈島)는 맞은편에서 고관의 행차가 오는 것도 몰랐다. 여전히 '퇴'와 '고'를 중얼거리던 가도는 그만 노새에 탄 채 고관의 행렬을 들이받고 말았다. 가도는 고관 앞에 끌려 나가지 않을 수 없었다. 앞에 꿇어 엎드려 시를 짓는 일에 마음이 팔려 그리 되었음을 사죄하고, '퇴'와 '고'의 문제를 변명으로 이야기하였다. 고관은 잠시 생각한 후 "그건 퇴보다 고가 나으리라" 했다. 이 고관이야말로 당시 경윤(京尹) 벼슬을 하고 있던 당대 문호 한퇴지(韓退之)였다. 이 일이 있은 후로 한퇴지는 가도의 친한 글벗이 되었고, 세상 사람들은 글 고치는 일을 '퇴고'라 부르게 되었다.

글쓰기에서 퇴고는 매우 중요한 과정인데, 퇴고를 통해 주제에서 이탈하거나 논점에서 벗어난 글들을 바로잡을 수 있다. 글은 다듬을수록 좋은 글이 된다. 좋은 글은 내용의 전달 효과가 뛰어날 뿐만 아니라, 독자의 기억에도 오래 남는다. 따라서 좋은 글이 되는 마지막 단계가 퇴고이다.

2) 글다듬기에서 살펴볼 점

- 본래 하고 싶었던 말이 제대로 쓰여졌는가?
- 재미있게 읽히도록 쓰여졌는가?
- 사실에 맞는 이야기가 되어 있는가?
- 표현이 정확한가?
- 쉬운 말로 쓰여졌는가?
- 한 문장이 너무 길지는 않는가?
- 단락을 잘 지어 놓았는가?
- 우리 말로 썼는가?
- 1인칭으로 썼을 경우 '나'를 너무 앞세우지는 않았는가?
- 맞춤법과 띄어쓰기가 잘 되어 있는가?
- 글점을 잘 찍었는가?
- 글씨를 남들이 알아보기 힘들도록 내 멋대로 쓰지는 않았는가?

3) 글다듬기 방법

쓰고 나면 곧 그 자리에서 읽어 보고 잘못된 곳을 바로잡는 것이 원칙이다. 그리고 며칠 후, 다시 한 번 다듬는다. 글을 소리 내어 읽어보는 것도 좋은 방법의 한 가지이며 다른 사람에게 읽혀서 들어 보는 것도 좋은 방법이다. 실제로 나듬는 방법에는 세 가지가 있다.

- 빠뜨린 것이나 좀더 자세히 써야 할 자리에 보태어 써 넣는 일
  이다.
- 둘째, 필요 없는 말을 줄이는 일이다.
- 셋째, 틀린 말이나 정확하지 않은 말을 고치는 일이다.

4) 글다듬기의 원칙

- **부가(附加)의 원칙**이란 쓰여진 글에 있어서 빠진 부분과 부족
  하다고 느껴지는 부분을 찾아 보완하는 것. 글쓰기 전에 의도
  했던 바가 잘 드러나 있는가, 너무 심한 비약으로 중간의 단계
  를 건너뛰거나 한 곳은 없는가, 논리적인 결함은 없는가 등을
  주로 살핀다.

- **삭제(削除)의 원칙**은 글에 불필요한 부분이 들어가 있다거나
  지나치게 많이 들어간 것들을 찾아 삭제하는 것이다. 쓸데없이
  덧붙여 씀으로써 과장된 느낌을 주거나 표현이 지나쳐서 조잡
  하고 가식적인 느낌을 주는 부분은 없는가를 살핀다. 문장의
  긴장미를 지니게 한다.

- **재구성(再構成)의 원칙**은 글의 구성을 바꾸어 놓았을 때 더욱
  효과적일 수 있는 부분이 없는가를 살펴보고, 문장 구성을 변경
  하여 주제 전개의 양상을 부분적으로 고치는 것이다.

(1) 퇴고의 요령

① 전체의 검토

- 표현하고자 했던 내용이 충분히 표현되었는가, 주제는 확실히 자기가 말하고자 의도했던 대로인가, 좀 더 정확한 주제문을 나타낼 수는 없는가를 살핀다.

- 요점이 잘 드러나고 있는가, 주제 이외의 다른 부분이 오히려 강조되어 있지는 않은가, 의도했던 바와는 달리 해석될 가능성이 있는 부분은 없는가를 살핀다.

- 세부적인 항목들이 모두 주제와 연관되고 조화되어 있는가, 중심 줄거리와 어긋나는 항목이 들어가 있지는 않은가, 까다롭거나 모호한 항목이 들어가 있지는 않은가를 살핀다.

② 부분의 검토

- 모든 단락이 하나의 주제 아래서 유기적으로 통일되어 있는가, 강조는 적절한가, 각 부분은 중요도에 따라 적절한 비율로 쓰여지고 있는가를 살핀다.

- 부분과 부분의 관계는 논리적으로 명료한가, 한 의견에서 다른 의견으로 옮아갈 때 그 발전을 명확하게 나타내고 있는가를 살핀다.

③ 문장의 검토

- 각각의 문장은 내용을 정확히 나타내고 있는가, 문법과 문맥에는 이상이 없는가를 살핀다.

④ 단어 및 용어의 검토

- 단어는 정확히 사용되고 있는가, 잘못 이해된 용어는 없는가를 살핀다.

- 독자가 이해하기 힘든 용어는 없는가를 살핀다.

- 잘못 쓴 글자나 빠신 글자는 없는기를 살핀다.

⑤ 최종 종합 검토
- 적어도 서너 번 정도 낭독을 하면서 어색한 곳이 없는가를 살펴본다.
- 맞춤법이 잘못된 곳은 없는가, 부호가 잘못 사용된 곳은 없는가를 살펴본다.
- 처음부터 끝까지 다시 한 번 읽어본 후, 그 글이 발표된 이후 후회할 부분은 없는가를 살핀다.
- 가능하면 다른 사람에게 읽게 하여 충고를 듣는다.

(2) 다듬기의 유의할 점
- 초고를 쓴 후 상당한 시간의 흐른 뒤에 다듬어라.
- 다른 사람에게 읽게 하여 충고를 들으라.
- 낭독해 가며 어색한 곳을 고치라.
- 적어도 3번 정도 읽고 수정하라.
- 참고 서적을 이용하라.

(3) 글이 완성되었는가를 평가하는 일반적인 기준
- 문장은 이해하기 쉬운가. (평이성)
- 독창성 있는 내용인가. (독창성)
- 가치 있는 화제를 전개했는가. (가치 있는 주제)
- 화제는 중심 사상에 수렴되고 있는가. (통일성)
- 단락의 접속이 긴밀한가. (일관성)
- 내용이 분명한가. (명확성)
- 논리성이 있게 전개되었는가. (논리성)

- 표현이 풍부하고 다양한가.(충분한 표현)
- 정확하고 구체적이며 명료한 낱말을 선택하여 썼는가.(단어 선택의 적절성)
- 문법, 표기법, 띄어쓰기, 구두점 찍기 등을 바로 하였는가.(정확성)

(4) 문장 평가의 기준

- 알기 쉽게 쓰여졌는가.
- 가치 있는 주제를 담고 있는가.
- 주제에 의한 통일이 이루어져 있는가.
- 구체적이며 설득력 있는 소재들로 이루어져 있는가.
- 논리적이고 효과적으로 구성되어 있는가.
- 단락 상호간의 연결이 긴밀히 잘 되어 있는가.
- 내용을 정확히 전달하고 있으며 표현 능력이 풍부한가.
- 정확하고 구체적이며 명확한 용어를 사용했는가.
- 문법과 격식에 맞추어 썼는가.
- 독창성이 있는가.

5) 작문의 바람직한 태도

(1) 뜻이 바르게 전달되는 글을 쓰자

- 문법에 맞는 글, 논리적인 글을 써야 한다. 단어의 선택이나 문장의 구성이 잘못되면, 독자들에게 내용이 충분히 전달되지 않는다. 그리고 자기주장이 뚜렷해야만 글쓰기에서도 일관성 있고

논리적인 표현이 가능하다.

- 감동적인 글을 쓴다. 독자에게 아름다움을 느끼게 하거나, 교훈을 주거나, 재미를 갖게 만드는 글을 써야 한다. 누구나 쓸 수 있는 내용이라면 독자들은 시간을 낭비하며 읽을 필요가 없다고 생각한다.
- 상대방의 처지를 염두에 둔다. 글을 쓸 때에는 읽는 상대가 어떤 사람인지를 항상 염두에 두어야 한다.

(2) 창의적인 글을 쓰자

- 남다른 관심을 가져야 한다. 같은 사물이라 하더라도 보는 관점에 따라서 각기 다른 의미를 갖는다.
- 많은 체험을 쌓는다. 체험의 느낌은 사람마다 다르므로 다양한 체험 속에서 창의적인 글이 나올 수 있다.
- 독서를 많이 한다. 가만히 앉아서 노는 것보다는 무엇인가 사소한 것이라도 읽는 것이 바람직한 태도이다. 책을 읽으면 세상이 보이고, 시를 읽으면 아름다움이 보인다.
- 생각을 많이 한다. 작은 문제라도 깊이 생각하면, 삶에 관한 지혜가 생긴다. 생각을 많이 하는 사람은 그만큼 창의적인 글을 쓸 수 있다.

(3) 글을 즐겨 쓰는 습관을 기르자

날마다 일기를 쓰는 것은 좋은 작문의 연습이다. 책을 읽을 때마다 독후감을 쓰면, 자신도 모르는 사이에 글을 즐겨 쓰는 습관이 붙는다. 그리고 무엇보다 초고(草稿)를 쓴 다음, 이것을 되풀이하여 퇴고(推敲)하는 과정을 거치면 문장력이 서서히 길러진다.

제 14 장
논문 작성법

1. 논문이란 무엇인가
2. 논문의 형식과 구성
3. 원고지 사용법과 문장 서술법

대학에서 작문 교육의 궁극적 목표는 좋은 논문을 쓸 수 있는 기본 능력을 배양하는 데 있다. 왜냐하면 대학이 학문 연구를 하는 곳이라면 학문 연구의 성과는 기본적으로 논문의 형태로 나타나기 때문이다.

1. 논문이란 무엇인가

그렇다면 논문이란 무엇인가. 논문은 새로운 앎의 타당성을 입증하고 전달하기 위한 일종의 보고서이다. 논문은 독창성과 실증성, 논리성을 그 요건으로 하는데, 독창성은 자료, 방법, 결론 중의 하나는 독창적이어야 함을 말한다. 그렇지 않으면 논문으로서 인정을 받기가 어렵다. 두 번째 실증성은 명확한 근거 위해 독창성이 참이라는 것이 입증될 수 있어야 하는 것이고 세 번째의 논리성은 논문이 기본적으로 갖추어야 할 요건이다.

1) 논문의 종류

논문은 일반적으로 학술 논문과 리포트, 서평. 이렇게 세 가지로
구분할 수 있다

(1) 학술 논문

논문의 핵심으로서 이용 자료나 그에 대한 해석이나 연구 방법 또
는 결론이 창의적인 논문을 가리킨다. 상식적이거나 보편적인 성격의
것이 아니라 전문적이고 학술적인 것이어야 하며, 논문의 주제는 좁
고 그 연구 내용은 깊어야 하고 이용하는 자료는 정확하고 신빙성이
있어야 한다. 이 논문은 또한 각주도 철저하고 참고 문헌도 충분히
갖추어져야 한다.

학술 논문은 다시 그 직접적인 연구의 동기에 따라 연구 논문과
학위 논문으로 나눌 수 있다. **연구 논문**은 전문가에 의해서 학술지에
발표되는 논문으로서 학술 논문의 표본인데, 흔히 학술 논문이라고
하면 이러한 연구 논문을 말한다. 학술 논문은 본격적인 연구의 소산
으로 학문상의 업적을 상징한다.

학위 논문은 원칙적으로 학생이 전공하는 분야의 어떤 학위를 취득
할 목적으로 연구하여 제출하는 논문으로 그 위계에 따라 학사학위
논문, 석사학위 논문, 박사학위 논문 등 세 가지로 구분된다.

(2) 리포트

말 그대로 어떤 사실의 보고를 위해 쓰는 글로써, 보고는 여러 분

야에서의 조사 보고를 비롯하여 실험 보고, 답시 보고, 관측 보고, 채집 보고 등 여러 가지가 있다. 정확성이 결여된 리포트는 이득보다 오히려 해악을 가져올 수 있으며, 리포트에도 때에 따라서는 조사 또는 실험된 어떤 사실이나 결과에 대한 보고자의 의견이나 주장이 표현되는 경우가 있어서 이런 리포트는 논문의 성격도 띠게 된다.

(3) 서 평

한 권의 책에 대해 책의 종류, 핵심 논제, 집필 의도, 구성, 주요 개념, 사용된 자료, 결론 등을 정리하여 그 책이 어떤 책인가를 일반적으로 소개하는 설명하는 북 리포트를 넘어서서 서평은 평가, 가치 판단을 포함하는 비판적 독서이다. '이 책이나 이 논문이 가지는 가치는 어느 정도의 것이냐' 하는 물음을 제기하고 답하는 것이기 때문에 그 분야에 연구 경력이 있는 연구자가 아니면 쓰기 힘들다. 서평은 공정하고 객관적이어야 하며, 서평자의 비판이나 의견은 반드시 구분, 명시하여 읽는 사람으로 하여금 혼동을 일으키지 않고 나름대로 객관적이고 올바른 판단을 내릴 수 있게 해야 한다.

2) 논문의 준비 과정

내용의 명료한 논리적 짜임새와 과정의 단계적인 진행이 필요하다. 그 절차는 아래와 같다.

(1) 문제의 발견과 주제 선정
(2) 제목 선정

(3) 자료 수집과 예비적 분석

(4) 가설의 수립

(5) 연구방법 결정

(6) 자료의 분석, 해석과 논리화

(7) 논문 개요 작성

(8) 집필

(1) 문제의 발견

문제가 될 수 있는 것을 고를 줄 알아야 한다. 즉 해당 분야의 연구수준에서 새로 논의될 가치가 있는 것이나 그 해결이 기존 지식의 확대와 수정에 영향을 줄 수 있는 문제이어야 한다. 이를 위해서는 해당 분야의 연구 성과를 전반적으로 파악하고 그 중 확실한 것과 의심스러운 것을, 그리고 현 단계의 문제를 알아야 한다. 하지만 석·박사의 경우 지도 교수의 도움을 받을 수 있다. 소논문의 경우 주제가 주어져도 핵심 문제 파악과, 어떻게 파악하고, 논술할까 하는 논리화의 전력이 필요하다.

주제가 정해지지 않은 경우, 강의나 연구 내용을 바탕으로 문제를 찾아내어 해결 가능한 범위 내에서 주제로 삼을 수 있다. 이것이 바로 자기 힘에 맞는 명확하고 구체적인 주제 정하기이다. 즉 ①다루고자 하는 분야를 시간과 공간으로 나눠 그 중 관심 있는 분야를 선택하거나 ②선택한 부분에 작용하는 여러 요소나 부분 중에서 하나에 초점을 둔다. 그리고 ③초점 사항을 해결하는 데 가장 요긴하거나 덜 연구된 요소를 문제로 정한다. 문제는, 문제의식을 갖고 공부하는 사람에게만 발견된다.

(2) 제목의 선정

주제를 선정하고 논문의 대체적인 윤곽이 그려졌으면 제목을 선정한다. 사람에 비유하면 제목은 논문의 얼굴에 해당하는 만큼 논문의 내용을 충실히 압축하여 제목만으로 논문 내용이 어느 정도 파악될 수 있도록 정해야 한다.

① 제목의 구성

- 제목의 글자 수는 너무 길지 않게 해야 한다. 제목은 한눈에 들어올 정도로 최대한 압축하여 표현해야 좋다.
- 제목에는 대상과 내용이 비교적 구체적으로 표현되어야 한다. 요컨대 제목을 통하여 그 글의 대체적인 내용이 그려질 수 있도록 제목을 정해야 하는 것이다.

② 제목의 용어

- 제목의 용어는 정확한 개념의 용어를 사용해야 한다. 제목이 그 글의 얼굴이라면 제목에 쓰인 용어는 눈, 코, 입에 해당하는 만큼 이목구비(耳目口鼻)가 뚜렷한 얼굴을 그린다는 생각으로 용어를 선택해야 하는 것이다.
- 제목에 쓰이는 용어는 가능한 한 현재에 통용될 수 있는 용어를 사용한다. 전문 용어를 쓸 경우에도 오늘날 그 분야의 전공자라면 누구나 쉽게 알 수 있는 용어를 쓰도록 해야 한다. 특별한 경우가 아니면 특수한 용어를 제목에 드러내는 것은 바람직하지 않다.
- 주제목과 부제목의 선정. 주제목(主題目)의 내용을 제한할 필요가 있을 경우에는 부제목(副題目)을 붙인다. 부제목을 적절히 붙임으로써 주제목의 내용을 구체화하여 주제목의 외연(外延)을 한정하는 것이다. 주제목은 일반성이 있는 용어로 붙이며 부제목

은 주제목의 내용을 한정하는 용어로 붙인다. 즉 부제목에서는 주제목의 내용, 이용 자료, 지역 등을 한정하여 그 글에서 다루는 범위를 한정하는 것이다. 그리하여 주제목은 부제목의 내용을 포괄하고, 부제목은 주제목의 내용을 한정하도록 하여야 한다.

(3) 자료의 수집 및 정리

① 자료의 수집

- 새로 시작하는 자료의 수집이 아니다. 문제의 발견 당시 어느 정도 살펴본 자료들을 더욱 충실하게 조사 정리하는 것이다.
- 중요한 자료를 빠트리지 않게 가능한 한 조직적으로 해야 한다.
- 이용가치가 떨어지는 자료는 가려내어야 한다.
- 자료의 성질 및 신뢰도에 대한 기초적 평가에 주의해야 한다.

② 자료의 정리

- 수집된 자료는 이용하기 편리하도록 정리되어야 한다.
- 처음부터 정리를 염두에 두고 계획을 세워 수집 단계에서부터 기록 정리하는 것이 좋다. 자료 카드 등을 사용하는 것이 낫다.

③ 참고논저목록(bibliography)의 작성

- 논문의 주제를 선정하는 과정에서 병행해야 할 작업은 자신의 주제와 관련된 참고 논문 및 도서의 목록을 작성하는 일이다. 참고논저목록을 노트에 정리해도 좋으나 색인 카드를 이용하면 편리하다. 그리고 참고논저의 목록을 정리할 때에는 그 논저에 관한 서지적인 정보를 가능한 한 자세히 기입해 놓아야 한다. 저자 명, 논문 명, 책 명, 발행처(출판사 명), 발행연월 등은 반드시 기입해야 하며 소장처 등 기타 필요한 사항도 기입하는 것이 좋다.

(4) 가설의 수립

가설이란 연구자가 머릿속에 그려본 가상적인 해답. 실제의 연구에서 가설은 문제의 발견과 함께 형성될 수도 있으며, 자료 수집 도중에 떠오르거나 자료 분석이 많이 진전되고 나서야 비로소 나타나는 수도 있다. 그러나 가설 없이 연구활동이 이루어지지는 않는다. 가설의 착상은 대담히, 논증은 신중히.

(5) 연구 방법의 결정

선택 가능한 여러 가지 연구 방법 중에서 가장 효과적인 것은 무엇인가? 자신의 연구 목적, 주제, 가설, 자료 등에 적합한가? 그리고 연구하고자 하는 분야에서 활용돼 온 방법의 장단을 살펴야 한다. 두 가지 이상을 절충할 때는 그 장단을 미리 생각해야 한다. 막힐 경우 교수의 조언도 좋다. 물론 관련 강의를 듣고 좋은 논문들을 찾아 읽어야 한다. 무엇보다 연구 방법에서 가장 문제가 되는 것은 자료 분석과 추론의 방법이다.

(6) 분석, 해석, 논증

모든 연구 방법에 포함되는 공통된 요소이다.

- 객관성: 분석하는 이의 희망이나 편견이 사태의 참모습을 왜곡하지 않도록 해야 함.
- 합리성: 분석 과정의 논리성, 절차의 합당함.
- 정밀성: 분석 측정의 오차를 최대로 줄이는 것
- 해석에 있어서 그 기준과 적절성: 편견, 선입견을 배제하도록 노력하고, 해석의 기준을 합리적으로 설정해야 하며, 그 결과가

문제의 전체와 관련해 공정하고 적절해야 한다.

(7) 개요작성과 목차 정리

자료에 대한 조사와 정리가 끝나면 논문을 집필하가 위한 개요를 작성해야 한다. 앞에서 이미 배웠지만, 개요는 글을 쓰기 위한 최종적인 설계도로서 빠뜨림을 방지하고, 치밀한 논리적 구성을 도와준다. 논문이 주제에서 벗어나는 것을 예방하고, 모든 자료들을 논적인 순서에 따라 체계적으로 다룰 수 있게 해주며, 동시에 중요한 항목을 빠트리고 넘어가는 일이 없도록 해 준다.

3) 개요의 종류와 목차

(1) 개요의 종류

① 항목식 개요

- 장, 절, 항, 목의 구조
- 전체의 체계는 명료하지만, 세밀하게 간추리는 데는 불편하다.

② 문장식 개요

전체의 내용을 간결하게 정리하여 선명하게 보여 주는 장점이 있으나 문장호의 수고가 따르기 때문에 자신만의 개요로서는 쓰이는 일이 드물다.

③ 요점식 개요

- 항목식 개요와 문장식 개요의 절충형
- 요점 / 요점
- 요점은 문장화하지 않고 대개 짤막한 명사형 구절로 쓴다.

● 순차적으로 배열하며 요점들 사이에는 사선으로 구분한다

(2) 목차의 종류

① 대목차와 소목차

목차는 제목과 같은 요령으로 구성한다. 즉 제목에서 대목차(大目次, 上位目次)를 정하고 대목차에서 소목차(小目次, 下位目次)를 정한다.

목차의 용어가 내용적으로는 대목차에 소목차가 집약될 수 있도록 해야 한다. 글의 내용이 소목차로 집약되고, 소목차들이 대목차로 집약되고, 대목차들이 제목으로 집약되도록 해야 하는 것이다. 그리고 목차에 쓰인 용어들도 대목차의 용어가 소목차의 용어를 포괄할 수 있도록 하는 것이 훨씬 체계적인 구성을 이룰 수 있을 것이다.

그리하여 전체적으로는 문장→문단→소목차→대목차→제목의 순서로 내용이 일관성 있게 정리되어야 하며 용어들도 상위목차가 하위목차를 포괄할 수 있게 구성되는 것이 바람직하다.

② 목차의 균형성

목차 사이의 양적 균형과 질적 수준을 적절히 배분해야 한다.

먼저 양적인 균형의 경우, 서술의 분량과 자료의 배열 등을 고려하여 어느 항목에나 대체로 균등하게 배분될 수 있도록 목차를 정한다. 불가피한 경우가 아니면 각 항목의 분량이 고르게 배분하는 것이 바람직한 것이다. 또한 분량뿐 아니라 주, 인용 등의 자료 배열도 비슷하게 배분되어야 한다.

또한 질적인 균형의 경우, 질적인 수준의 면에서는 동일한 수준의 용어는 같은 차원의 목차에서 처리해야 한다. 예를 들면 우리나라의 지역적인 특성을 설명할 때 1. 경기도, 2. 충청남도, 3. 전라북도, 4. 경상남도…… 등으로 목차로 설정해야지 1. 경기도, 2. 충청도,

3. 전라북도, 4. 영남지방 ……으로 한다든지 1. 경기도, 2. 충청남
도, 3. 전주, 4. 낙동강 유역 등으로 목차를 설정하면 균형을 잃게
된다. 또 신분을 설명하려면 양반, 중인, 평민, 천인 등으로 목차를
설정해야지 관료, 중인, 농민, 무당 식으로 목차를 설정하면 이 역시
질적인 균형을 잃게 되는 꼴이다.

③ 목차의 번호

동일한 수준의 용어는 같은 차원의 번호 범위 내에서 처리한다.
'머리말'(서언. 序言)이나 '맺음말'(결언, 結言, 결어, 結語)은 특별한
경우(서론, 緖論. 결론, 結論)가 아니면 번호를 붙이지 않는 것이 좋
다. 또한 목차의 번호를 붙이는 데는 일정한 규식이 정해져 있지 않
다. 그래서 기관과 학자에 따라서 각각 번호 붙이는 방법이 달라 많
은 혼란이 있는 것이 사실이다. 일반적으로는 다음과 같은 것들이 목
차의 번호로 많이 사용되고 있다.

예) 편(篇) – 장(章) – 절(節) – 항(項) – 목(目)
　　一, 二, 三: (一), (二), (三)
　　1, 2, 3: 1), 2), 3): (1), (2), (3): ①, ②, ③
　　가, 나, 다 또는 ㄱ, ㄴ, ㄷ
　　Ⅰ, Ⅱ, Ⅲ 또는 i, ii, iii
　　A, B, C 또는 a, b, c
　　1-1, 1-2 또는 1-A, 1-B

일반적으로는 로마자 번호, 아라비아 숫자, 괄호아라비아 숫자, 동
그라미 아라비아 숫자의 차례로 붙인다.

2. 논문의 형식과 구성

1) 논문의 형식

보통 다음의 형식을 따른다.

1) 제목
2) 본문
   (1) 서론
   (2) 본론
   (3) 결론
3) 주
4) 참고서적 목록
5) 부록

참고 문헌 목록의 경우 생략 가능하나 학생의 입장에서는 생략하지 않는 것이 도움이 크다. 그리고 부록의 경우는 필요한 경우에만 작성하며, 제목이 지나치게 길어져 간결성 상실의 문제가 생길 경우에만 부제를 사용하는 것이 좋다.

2) 논문의 구성

(1) 서론에 필요한 내용

서론에 필요한 내용은, 문제의 제기, 연구 목적과 범위, 선행 연구사 검토, 연구 방법론 소개, 기본 자료의 소개 및 특수 용어의 정의 등이다. 따라서 서론은 다름과 같은 원칙을 지니게 된다.

① 주제의 중요성과 주제 선정의 동기 등을 서술한다.
② 주제에 관한 기존의 연구 성과를 정리한다.
③ 논문에서 다룰 논점들을 분명히 제시하고 연구 방법, 논지 전개의 과정을 개괄적으로 소개한다.

서론에서는 기본적으로 '무엇을', '왜', '어떻게'라는 부분에 대한 설명이 이루어져야 한다. 이때 '무엇을'은 연구 목적과 범위를 의미하는데, 연구 목적은 간결 명확해야 하고, 범위는 문제의 영역과 논의의 범위를 설정하는 것을 의미한다.

'왜'는 연구의 필요성과 그 연구 배경에 대한 설명인데, 필요성에서 지나친 표현은 삼가야 한다. 그리고 배경에서는 해당 주제와 직·간접적으로 연관된 기존 연구의 윤곽을 간략히 소개하여, 미비점이나 문제점을 논하고 자신이 이 문제를 택한 배경을 설명한다. 큰 분량의 논문의 경우 연구사(硏究史)라는 장으로 독립하기도 한다. 보통은 연구의 필요성과 일치한다.

'어떻게'는 연구의 관점과 방법을 의미하는데, 관점과 방법이 특수하거나 새로운 것이라면 그 이유와 효과를 간략하게 논하는 것이 좋다. 그리고 논문에서 사용한 자료에 대해 특별히 설명할 필요가 있거나 특수 용어를 사용할 경우 미리 설명해야 한다.

(2) 본문에 필요한 내용

본문에 필요한 내용은 논기의 제시, 논의, 논지의 전개인데, 논술적인 글쓰기에서 이미 설명한 바 있다.

(3) 결론에 필요한 내용

① 논문에서 밝혀진 중요한 사실이나 결론을 논지의 전개에 따라서 순서대로 재정리하고 간명하게 요약하도록 한다. 본론 부분에서 항목별로 맺어 둔 소결론들을 종합적으로 판단하여 귀납적인 방법으로 결론을 도출해야 한다.

② 논문에서 해명되지 못한 부분이 있으면 구체적으로 제시하여 앞으로의 연구자들에게 제공한다. 요약 성과는 간명하게 제시해야지 너무 거창해져서는 안 된다. 자신의 결론이 아직 미심쩍은 부분이 많은 경우에는 이를 솔직히 밝혀야 한다.

3) 인용의 방법과 유의사항

(1) 인용하는 경우

자신의 논지를 뒷받침할 수 있는 자료를 인용한다. 자료는 본문에 인용할 수도 있고 주에 인용할 수도 있는데, 논리의 전개상 반드시 필요한 경우에는 본문에 인용하고 꼭 필요하지는 않은 자료는 주로 처리한다.

특히 논문을 쓸 때는 논증에 필요한 원사료의 전거를 대거나, 다른 사람이 쓴 글에서 정보를 제공받게 되는데 이럴 경우에는 원사료 또는 다른 사람의 글에서 인용을 해야 한다. 어떠한 자료를 어떻게 적절히 인용하여 자신의 논지를 입증할 것인가? 또 다른 사람이 많은 노력을 들여서 겨우 밝힌 것을 아무 말 없이 자신이 밝힌 것처럼 도용하는 것은 아닌가? 이러한 물음들을 끊임없이 해 가면서 적절한 인용으로 자신의 논거를 분명히 하고 다른 사람의 노력을 정당하게 인정해야 할 것이다.

(2) 본문 인용의 방법

- 본문에 인용하는 것은 반드시 필요한 부분만을 인용한다. 지나치게 긴 문장을 인용할 때 별 필요가 없는 부분은 '전략(前略)', '중략(中略)', '후략(後略)', '……' 등으로 생략하여 논지의 전개에 반드시 필요한 부분으로 압축한다.
- 인용문은 되도록이면 짧을수록 좋으며, 지나치게 긴 문장은 가능하면 피하는 것이 좋다. 지나치게 긴 문장일 때 불가피한 경우에는 모두를 인용해도 무방하나 본문에는 그 내용을 요약하여 서술하고 자세한 원문은 주에 기재하는 것이 좋다.
- 짧은 문장 또는 용어 등은 본문의 행(行) 속에 넣어서 " " 또는 〔 〕로 처리하면 된다. 그러나 긴 인용(60자 이상 즉 인쇄 되었을 때 2줄을 넘는 경우)은, 원고지를 사용할 경우 인용 부분의 위에서 한 줄과 아래에서 한 줄을 띄고 좌측에서 두 칸 정도를 띈다. 컴퓨터를 사용하는 경우에는 문단을 조정하여 약간 들어가게 하고, 작은 활자로 쓴다.
- 한문 자료를 인용할 경우에는 본문에서는 반드시 번역하여 인용하고 한문 원문은 주(註)에 기록한다.
- 인용부분 중에서 자신의 논지와 관련하여 강조할 필요가 있을 경우에는 방점(傍點)을 찍고 ( )속에 '방점 필자'라고 쓴다. 그 밖에 인용한 원문 중에 잘못된 것이 있을 경우나 내용을 설명할 필요가 있을 경우에도 ( )속에 넣고 '필자(筆者)'라고 쓴다.

(3) 인용시 유의점

- 인용 자료나 문헌의 가치는?
- 적절한 해석과 자리에 인용하는가?

너무 많은 인용은 결국 다른 사람의 주장을 대신하는 것뿐이니 주의해야 한다. 그리고 직접 인용은 원문 그대로의 표현을 살리고자 할 때 쓰는 것이며, 어떤 이유로 원문에 첨삭할 때는 인용문 뒤에 괄호를 이용하여 이를 언급해야 한다. 예를 들어 '밑줄은 인용자의 것' 등이 표식을 해야 한다. 또한 문장 이하의 짧은 분량은 본문에 포함하여 "인용문"처럼 인용하고, 두 문장 이상의 긴 인용문은 본문에서 인용문 앞뒤로 한 줄 띄워 분리하고 또 한 칸 들여쓴다. 글자의 크기도 작게 한다. '－'속에 인용이 원래부터 있을 때는 '－'로 표시한다. 또한 간접 인용은 인용이 지나치게 장황하거나 번거로울 때 사용하며, 본래의 의미가 왜곡되지 않도록 해야 한다. 모든 인용은 주를 달아서 출처를 밝혀야 한다. 가능한 1차적 전거를 제시하고 그럴 수 없는 경우는 재인용의 방식으로 어디에서 재인용했는지 명기해야 한다.

4) 각주(footnote) 다는 법

주에는 다음과 같은 여러 종류가 있다.

- 두주(頭註): 두주는 해당 문장의 위나 옆에 붙이는 주이다.
- 각주(脚註, footnote): 각주는 각 페이지의 아래에 붙이는 주이다.
- 미주(尾註): 미주는 글의 맨 뒤에 주를 한꺼번에 모아 놓는 것이다.

- 간주(間註): 간주는 문장 속에 괄호에 넣는 주로서 활자는 약간 작게 한다.
- 할주(割註): 할주는 활자를 작게 하여 문장 속에 두 줄로 넣는 주이다

이러한 주를 적절히 활용하면 되는데, 논문의 경우에는 대부분 각주 또는 미주를 주로 쓴다. 그러나 활자화 된 논문에서는 각주를 주로 쓰고 원고지에는 미주를 쓰는 경우가 많다. 또한 원고지에 쓸 경우에는 각 장의 아래에 주를 붙이지 말고 맨 뒤로 주를 모으도록 하고, 컴퓨터로 원고를 작성하는 경우에는 워드프로세서의 기능을 이용하여 각주로 처리하는 것이 좋다.

(1) 주를 붙이는 경우

① 출전의 제시

본문에서 인용했을 경우 출전을 주에서 밝힌다. 그리고 인용문은 번역해서 인용하고 출전과 원문은 주로 처리한다. 직접적인 인용을 하지 않았을 경우라도 필요한 경우에는 관계되는 출전을 밝힌다. 이때 출전의 원문 내용을 밝히는 경우도 있고 밝히지 않는 경우도 있는데 이는 자료의 중요성에 따라 결정한다.

② 논거의 보충

본문에서 다루면 본문의 흐름을 방해하거나 논지가 흐려질 것이 우려되는 경우 주에서 처리한다. 여러 학자들의 다른 설을 언급하는 경우에도 주로 처리한다.

③ 기 타

자신의 평(comment), 문제점, 전망 등 본문에서 언급하기 어려

운 것들은 모두 주(註)로 처리하면 된다.

(2) 주(註) 붙이는 방법

① 주는 즉시 찾아 볼 수 있도록 상세하고 정확하게 붙여야 한다.

독자가 쉽게 찾을 수 있도록 원사료 또는 논문의 필자, 제목, 수록
지, 연도, 페이지(쪽, 면) 등을 상세히 기록한다. 귀중본인 경우에는
소장처를 기재할 경우도 있으며, 같은 책일 경우에도 간행연도에 따
라 내용이 다를 경우에는 판본도 밝혀 둔다.

논문의 경우: 필자, 「논문명」, 『수록지』, 발표연도, 쪽수.
예) 권혁범, 「통일에서 탈분단으로」, 『당대비평』, 2005년 가을호,
    168쪽.

저서의 경우: 저자, 『책명』, 발행처, 발행연도.
예) 롤랑 바르트, 『중립』, 동문선, 2004.

신문, 잡지의 경우
예) 〈한겨레신문〉, 2003년 6월 3일자.
    〈월간조선〉, 2002년 11월호.

② 원래의 책 이름, 인명으로 주를 붙여야 한다.

예를 들면 조선왕조실록(朝鮮王朝實錄)은 원래의 책 이름이 아니
다. 『세종실록(世宗實錄)』, 『인조실록(仁祖實錄)』 등이 원래의 책이
름이다. 또한 원칙적으로 책 이름, 논문 이름, 필자 이름 등도 원래
쓰인 대로 주를 붙여야 한다. 즉 원래의 논문 이름에 한자로 쓰여 있

으면 한자를 써야 하고 한글로 썼으면 한글로 써야 한다.

③ 주의 기호는 전체적으로 통일되어야 한다.

(1) (2) 를 쓰기도 하고 * 표시를 쓰기도 하는데, 대개는 1), 2), 3) 등으로 쓰는 것이 일반적이다.

(3) 주의 약어

주를 달 때 한 번 쓴 책 이름, 논문 이름을 다시 쓰는 것이 매우 번거롭다. 그래서 한 번 쓴 논문 이름, 책 이름 등을 다시 주에서 쓸 경우에는 약어를 사용하여 시간과 노력을 절약할 수 있다.

- 상게서(上揭書. 위의 책), 상게논문(上揭論文. 위의 논문), Ibid. –바로 앞의 주를 다시 인용하는 경우.
- 전게서(前揭書. 앞의 책), 전게논문(前揭論文. 앞의 논문), op. cit. –다시 인용하고자 하는 주 다음에 다른 주가 삽입되어 있는 경우. 즉 동일한 저자의 동일 논저를 자주 인용할 경우에 많이 쓴다.
- 졸저(拙著), 졸고(拙稿)는 자기의 논저를 인용했을 경우.

3. 원고지 사용법과 문장 서술법

1) 원고지의 특징

- 원고의 분량을 쉽게 계산할 수 있다.

- 단락, 띄어쓰기, 부호 등 문장의 규식을 분명히 할 수 있다.
- 여백을 활용하여 가필, 삭제, 정정 등을 쉽게 할 수 있다.

2) 원고지의 용법

- 제목과 필자명은 위아래 한 줄씩 비운다.
- 목차가 바뀔 때는 위아래 한 줄씩 비운다.
- 문단의 첫 칸은 반드시 비운다.
- 원고지 각 줄의 첫 칸은 문단이 바뀔 때만 비운다. 원고지 줄의 맨 끝에 띌 곳이나 문장부호가 있을 때에는 그 줄의 끝에서 처리하고 다음 줄의 첫 칸은 비우지 않는다.
- 원고지에서의 기호 사용도 정확히 쓰도록 한다.
- 문장교정법도 익히도록 한다.

3) 문장 서술법

(1) 국어사전과 자전의 이용

맞춤법, 띄어쓰기, 한자의 정서 및 문장구성 등을 평소에 올바로 써서 습관이 되도록 해야 한다. 그러기 위해서는 평소에 국어사전, 자전 등을 가까운 곳에 놓아 그때그때 확인하는 습관을 들이도록 한다.

(2) 한자의 활용

글을 쓸 때 한글을 올바르게 써야 하지만 한자를 적절히 구사하는 것도 필요하다. 한글로 써도 글 뜻이 통할 경우에는 한글을 많이 사용하는 것이 좋지만, 한글로 썼을 경우 글 뜻이 혼동되거나 한자로 써야 할 경우에는 한자를 써야 한다. 또 최근에는 처음 나올 때 한자를 쓰고 두 번째부터는 한글로 쓰기도 한다. 어느 것을 한글로 쓰고 어느 것을 한자로 할 것인가를 잘 판단하여 자신의 뜻을 정확하고 멋지게 표현할 수 있도록 고려할 필요가 있다. 또 한자를 쓸 경우는 정자(正字)를 정확하게 써야 한다.

또한 우리말을 정확하고 아름답게 쓰려면 항상 문장의 서술법, 맞춤법, 띄어쓰기, 원고지 사용법 등을 신경을 쓰고 평소에 습관을 들여야 한다. 항상 책상머리에 사전을 두고 의심날 경우에는 즉시 사전을 찾아 확인하는 습관을 들이기 바란다.

(3) 도표의 활용

한편 글을 쓸 때 도(圖. 그림)와 표(表)를 적절히 활용할 필요가 있다. 도표(圖表)를 이용하면 글로 복잡하게 설명해야 할 것을 간명하게 보여 줄 수 있고 시각적인 효과도 기대할 수 있다. 그림과 표가 여러 개일 경우에는 도 1(그림 1), 도 2(그림 2) 또는 표 1, 표 2 등으로 번호를 붙여 준다.

저자 약력

김병호(金炳昊)

학 력

중앙대학교 문예창작학과 졸업
중앙대학교 대학원 문예창작학과 졸업(문학박사)

경 력

1997년 〈월간문학〉 신인상 시부문 당선
2003년 〈문화일보〉 신춘문예 시부문 당선
2001년 문화예술진흥원 신진작가지원사업 수혜
2006년 문화예술위원회 문예진흥기금 수혜
현재 중앙대학교, 열린사이버대학교 강사
〈문학수첩〉 편집장

연구논문

「한국 근대시 연구」
「이동주 시 연구」
「김영랑과 베를레의 시세계 비교 연구」
「박봉우의 전후시 연구」
「김광섭 초기 시에 드러난 동경과 고독」 외 다수.

저 서

『주제로 읽는 우리 근대시』(평론집, 행복한책읽기)
『전후세계의 시적 대응력』(평론집, 꿈엔들)
『달 안을 걷다』(시집, 천년의시작)
『새로운 시론』(공저시론집, 동인)

● 살아 있는 문장론

• 초판 인쇄	2006년 10월 5일
• 초판 발행	2006년 10월 15일
• 지 은 이	김병호
• 펴 낸 이	채종준
• 펴 낸 곳	한국학술정보㈜
	경기도 파주시 교하읍 문발리 526-2
	파주출판문화정보산업단지
	전화 031) 908-3181(대표)·팩스 031) 908-3189
	홈페이지 http://www.kstudy.com
	e-mail(출판사업팀사업부) publish@kstudy.com
• 등 록	제일산-115호(2000. 6. 19)
• 가 격	25,000원

ISBN   89-534-5860-9 93810 (Paper Book)
        89-534-5861-7 98810 (e-Book)